本书由皖南医学院护理学专业基金（项目编号：201■■■2y■■■）资助出版

ZOUZHE ZOUZHE HUAKAILE

走着走着，
花开了

丁帅◎著

安徽师范大学出版社

·芜湖·

责任编辑:吴毛顺　舒贵波

装帧设计:丁奕奕

图书在版编目(CIP)数据

走着走着,花开了／丁帅著. — 芜湖:安徽师范大学出版社,2016.3(2024.6 重印)

ISBN 978 - 7 - 5676 - 2372 - 9

Ⅰ.①走… Ⅱ.①丁… Ⅲ.①散文集—中国—当代 Ⅳ.①I267

中国版本图书馆 CIP 数据核字(2015)第 312117 号

走着走着,花开了

丁帅　著

出版发行:安徽师范大学出版社

芜湖市九华南路 189 号安徽师范大学花津校区　邮政编码:241002

网　　址:http://www.ahnupress.com/

发 行 部:0553 - 3883578　5910327　5910310(传真)　E-mail:asdcbsfxb@ 126. com

印　　刷:阳谷毕升印务有限公司

版　　次:2016 年 3 月第 1 版

印　　次:2024 年 6 月第 2 次印刷

规　　格:700 mm×1000 mm　1/16

印　　张:14

字　　数:201 千

书　　号:ISBN 978 - 7 - 5676 - 2372 - 9

定　　价:56.00 元

孤独的你，最后的我
（代自序）

晚 12 点已经没有公交车。还好，我只需要走 20 分钟的路程，伴着 12 点的夜，一路风尘仆仆。走回寝室，累得要死，一头栽倒在床上，可总在自己很累的时候，却难以入睡。

小声地走回寝室，室友们都已经熟睡。整个楼层显得那么冷清。想着早上没吃好的饭，突然饿了，只是不去想的话，总能熬过那饥饿的一夜。

这种生活是我一直想要的。整天忙碌着，时刻伴着黑夜。像今夜的雨渐渐沥沥，睡熟的人却无缘知道。

我看时间，突然发现日子过得好快。刚才还是昨天，现在却成了今天。昨天的我，背着包要去实现自己的价值。今天的我，背着包赶在雨夜回学校。昨天的我，认为之前都是过去，何必纠结。今天的我，想着怎样给自己一个好觉，安抚那颗一直躁动的心。昨天的我，还在为上班迟到郁郁寡欢。今天的我，却因为主管的表扬暗暗自喜。昨天的我，是孤独吗？今天的我，变成了昨天的最后一个。

我知，你不会来，你永远不会来，甚至连一个微笑都不愿留下。

两年前，爸爸和叔叔一起把我送到皖南上大学。我惊喜了一路，也苦闷了一路。一路上人多得都快挤成了肉饼，来到大学所在的城市，公交车上也是摩肩接踵。我总会在一个新的环境中学会悲伤，学会想家，学会一直断不了的牵挂。问爸爸，你们什么时候回去，其实是想说，能不能带我一起走。一个在他乡的人即将回家，那个还得留下的人总会羡慕，因为他知道一个人的孤独。是这样的，一个人总会觉得自己好渺小，躲在城市的角落，怕极了黑夜，怕极了没人搭理。能静下心来唱一首歌的时间，是不是都成了奢望？一个人，我们总是如此害怕，想着何时成功，希望别人分担自己的心情，不管悲伤还是快乐。

那时候很少跟异性说话，点头算是认识，有时候低下头直接走开。所以她们暗地里说我老实古板，像极了我的网名——顽固不化。我只是笑笑，不去作答。

两年后，我问自己真的要离开吗？你爱她爱得那么认真。我知道人这一辈子，总会曲曲折折地过，过好了是阳光明媚，过不好是天阴无晴。可什么才是过的好过不好呢？有她就过好了？没她就过不好？这简单尚且幼稚的问题在我脑海里浮现，可就是有那么一段时间，自己像漂泊在海洋的一片叶，随波而行。那段时间叫做迷茫，我明白这是成长的前奏。

我们总归是要学会放弃的。我带着苦闷上大学的时候，心情也是苦闷的。等我学会了多吃米饭，学会了与朋友开个玩笑，学会了下雨天准备一把伞，才发现幸福原来是那么简单。

小的时候总想着长大，长大之后却会无缘无故回忆起儿时的故事。不管那时候是伤心，还是快乐，现在想起来全是感动。

是离别的车站吗？走着走着，却不愿显露自己的情感。家人把我送到火车站，我会笑着告别他们的背影。

一个人走在路上，不去羡慕别人的温馨。走在路上，这个世界仿佛只有自己，一个人欢快或是悲伤。

有一天，一个小女孩给我发来"流泪"的表情。我急忙安慰她，好好生活，快乐成长，温暖向阳。

我不曾理解青春带给我们的感情。总是听人说大学里的爱情不靠谱，也听人说大学的友情很重要。我曾因爱情变得执着，也会把朋友的事当成自己的事。可看惯了悲欢离合，看惯了许多事情由好到坏的转变，心思总会抹上一层沙，跌跌撞撞，不愿别人靠近。我知道人生有伤，伤不在这些，可遇到时和回顾时总是两个样子。也许你的所谓的看淡，只是把曾经隐匿在潜意识里，突然有一天爆发，满是孤独。

晚12点我下班，一个人走在路上，踏着柏油路上的雨水，没有撑起伞，雨水滴落在我的头发上，轻柔得像孩子的眼泪。

霓虹灯显得黯淡，出租车司机老远向我打招呼，远处的小山丘雾蒙蒙，之前的小摊点也早早地撤了下来。这世界仿佛只剩下我，还有转回学校的红绿灯。

曾经以为这条路不可能只有自己走，现在却相信不可能有人陪你走。曾经以为遇到半路人的时候不会那么轻易显露感情，现在却隐匿不了珍藏的秘密。曾经以为青春该是多么年轻充满活力，现在却不得不承认，年龄大了，脾气小了，心会莫名地失落，学会了对岁月进行总结，一个人走在路上总会打量身边的过客，问别人怎么了，然后说一番快乐的语录。

我知这是一场转变。孤独之后是成长，或许就是这样。

只是孤独的你现在怎么样？是不是还在因为一个人吃饭而躲在一个角落不愿别人注意。是不是会因自己喜欢的人的不理睬，感到心灰意冷。是不是坐很长时间的火车，回到家，用微笑隐藏自己的委屈，不愿家人察觉。是不是因为工作疲倦，却不得不对自己发火，为什么不去努力。是不是一个人的时候，总会想着两个人的生活。是不是理解不了这个世界的复杂，选择清高。是不是孤独了，只是对自己说一句，好了，别这样，你看看以后的生活该是多么美好。

我知，孤独是青春留给我们的印记，本来就有丁点儿忧伤。

正如我坐火车回家，一路都在向往，向往见到家人，向往微妙的感伤。然后总会在向往中感悟，在向往中快乐。孤独还是快乐，唯一的区别，是你怎样对待生活。我在想，我该停留在哪里？哪里是叶，哪里落雨，哪里可以让我安稳或是让我着急。我是不是应该学会沉浸，像个孩子，一会儿哭，一会儿笑。

我晚12点下班，可下一站总会有一场美妙的歌，等你来唱。这样的生活是我想要的，我问谁，明天的世界会是怎样，本来不必计较。

孤独的你，最后的我。一个人走在路上。

目　录

你看看我,这样不也挺好

走着走着，花开了，
我却不知

我们都是有梦的孩子

感悟生活的点滴

青春让我们明白,曾经很好

别人的故事，我们的歌

你看看我，
这样不也挺好

你看看我，
这样不也挺好

　　我们都挺好的。一个人吃饭，一个人睡觉，一个人看书，一个人走路，不在乎别人的评价，不在乎情愫的痴心，不在乎你走了我没有送你，不在乎岁月会不会让我们遇到更好的人。我知，天长地久不一定海枯石烂；我知，花开花谢不一定四季翻转；我知，留在心中的算是一种留恋，但不一定是执着；我知，我只是在某一段时间，那个最美时候遇到你，心思放缓。

　　我们都挺好的，真的。你会明白，生如玉兰，莫要贪恋，可总归是最美的回忆。

你看看我，这样不也挺好

听人说，你总是微笑面对生活，独自承受悲伤。我总会默默感动，为你点赞，希望在某一瞬间，你能注意到我。

我必须承认，梦这个东西来得比较突然。就因为梦到你，我竟然不知所措。所有的临别忠告，所有的离愁别恨，统统化成逗点，似乎还想接着走。

除了不能得到的，我们还可以消遣所得到的。就像你对我说的，我那英雄梦想是骗人的，对自己可以好一点。我似乎明白你的良苦用心，甚至让我感动，可我不能说出来，我怕一松口又是等待。所得到的不过是生活里的魅影。听人说，放弃并不一定意味着你软弱，有时反而说明你足够坚强。

我不想要这样的坚强。在学会接受自己不喜欢的事之前，我是个自以为是的家伙，我总会认为只要足够努力就能得到一切。在学会接受不愿意的事之后，我突然感觉总有一天都会变好的，连同我眼睛里的快乐。

那个曾经到纬六路只吃"太和板面"的孩子，终于发现一家店铺里的饺子也特别好吃。那个在得与失之间徘徊的孩子，也学会了抬头承担责任，低头不惊不喜。这一切源于昨天的故事，源于你对我的疏忽。

我不想要这样的坚强，我却不得不去接受这样的坚强。清晨起个大早，陪小妹玩闹，蹭邻居家的无线网，躲在前面屋子里书写自己的文字，去厕所一蹲半个小时，一家人一起看央视大剧。我的一天，住进了生活的林林总总。

真的，你看看我，这样不也挺好。要怪就怪，今天我没能把我的梦收藏好，让你跑出来，扰乱我的心情。

可你还好么？我向谁才能打听到你的生活。

你是我不敢想的柔情

我会把一种习惯悄悄放下，承诺很多，帮忙守候在一个人身旁。那天，一同坐车去到很远的地方。你要提前下车，我帮自己买了更远一站。我们本来就是大千世界的陌生人，再次陌生，给彼此留下的，是不敢怀念的柔情。

一

我睡了一天。

宿舍的哥们没我那么懒惰，老早喊我起床。我听着外面雨滴的声音，希望这不要打断我创作的思路。

然后，我开始想，要怎么写一个故事。

故事的开头有小红、小明、迈克和简；故事的过程有放肆的谈话，无奈的青春；故事的结尾，除了离别的不舍，还有相遇的初始。

我初一碰到胖同桌，那时候我也有点胖，并且个儿矮小。初一下学期，班主任见到我，硬是说我在家吃化肥了，一下子长那么高。

我悄悄告诉胖同桌，我不是吃化肥了，我是充话费送的。人家这是质量的保证。

胖同桌一脸鄙视地看了看我。

等胖同桌问我可不可以记住她的时候，我心想，在"$1+1=3$"的情况下，我会记得她的胖手，等于"2"的时候，我会记得她的笑脸。若是全部记住她，我就是数学天才。

初一下学期，数学老师把我喊到教室外谈话，"丁帅啊，我看了你写的周记，写得特别真、特别好，我知道你是个好孩子，但上课真的不能乱讲话，这样很不好。还有你的数学成绩虽然很好，但也要听课，你是个在数学方面很有天分的学生。可即使是数学天才，也要好好听课，不好好学习是不行的。"

我真的是个数学天才？

然后我就跟胖同桌说了好长时间，我会记得你的，并且把你全部记住，谁让我记忆力那么好，是个数学天才呢。

胖同桌拧了我一下，疼死了。

我一直认为我会活得很潇洒。

胖同桌看我写诗，然后评头论足。问我为什么把文字这样组织，我说我也不知道，想到了就这样去写了。

她问我会不会写爱情诗，我摇头，因为我又不知道爱情是个什么东西。就算会写，我还得上学呢，写给谁？

写不写爱情诗，跟上学有什么关系。

我只想考大学，考自己喜欢的大学，然后有自己的事业。

胖同桌不再说话，一阵无语。

等我上完初中，再告别高中，心里总没有记得什么，从没想过，要为一个人变得那么柔情，也从没想到，自己会半夜因为要忘了一份柔情变得慌乱。或许你是我不敢想的柔情吧。

不是胖同桌，那是我曾经一直没想过的柔情，只好不去挂念。

只是一份柔情的盛开，我需要多少努力，才能吸引秋冬，把它凌乱。

二

我用七天把她"拿下"。

说好的不要这么快呢。

这是我一贯作风，不喜欢拖拖拉拉，喜欢就喜欢，接受就接受，不行就不行，分开就分开。

第三天，我和她在操场上聊得很欢。第五天，我在食堂吃饭碰到她，感觉很尴尬。第七天，我拉着她的手。

说好的不要那么快呢？因为一般在一起太快，分手也快。

"咱能不能用点心谈恋爱，阿草！"我一脸骂样地说。

"什么叫用心，我不用心吗？"

我最不喜欢她这个样子。

就像她说的，她对别人都好，就是对我不好，我很不解。

"为什么？"

"不知道。"

"不知道是什么意思？"

"不知道就是不知道。"

"不知道就是知道，你不愿意说的那种知道。"

"好吧，你逻辑思维够可以了。"

我笑笑，其实我多想知道，但无人告诉我。

人生的相遇，哪怕最终都是彻底终结，我却大喊着不后悔遇到任何人，即便早已遍体鳞伤。

阿草对我说分开吧，我当时没同意，因为我不认为那么随便就能终结一段相遇。

"丁帅，对不起，我不像你想的那么好，你对我太好了，我会有压力。是我不好，辜负了你。"

我心想，我曾经认定你了，对自己说过以后不再喜欢其他人。

"岁月会让你遇到更好的人，把这一切过错归咎于我吧。"

我暗骂，你不知道我跟你说过，以后遇到什么事，都可以找我吗？不知道你这样说我会很难受吗？不知道我们聊天，你说你怕以后遇不到更好的人，所以我们说好要好好珍惜吗？

你是我不敢想的柔情，但我却已经不愿袒露。

对不起，我曾经也意气用事，嘴里骂着你不好；对不起，我曾经也不甘心，说着你不带这么玩人的；对不起，我曾经也是深爱，才选择一次次伤害自己；对不起，我曾经真的忘不了你的柔情，才那么悲伤，等转眼花开花落，春天来了，才发现，我们真的都没有照顾好自己。所以一切，你的柔情，即便已经不能成为选择，可我们都能去努力接受。

三

胖同桌问我，到底可不可以记得她，我停顿了几秒钟，说不知道。

等到高中的时候，我突然想到胖同桌，好像学习成绩不好，好像曾经说过要努力考大学，好像她没能考上一中，留了一级。

然后朋友有和她一起上学的，在同一个班级，同一个学校。我写了封信让他帮我捎给她。我记得很清楚，内容的第一句很文艺，"胖同桌，时光荏苒，白驹过隙，曾年少无知，现今你可安否？还记得我吗？"

"还记得我吗？"这是多么简单的一句话，却饱含深情。

我问阿草，你总说不喜欢我，其实刚开始我只是完成大学谈恋爱的想法，只是我不知道，真的不知道，你会成为我这辈子的柔情，并且以后一点都不敢想。

阿草保持沉默，依然像个小女生，就像刚开始认识一样。

"超哥，你认为阿草怎么样？"

"你真会找人，她可是有名的好女生。"

"哈哈，我不是找，我是喜欢。"

"真的假的？"

"我说真的，其实我关注她有好多天了。"

"嗯，好吧，说实话感觉你们挺配。"

"为什么？"

"反正就是这么感觉。"

其实我也这么感觉，我知道阿草是个颜值不高、智商不行，还很难琢磨的女孩子。但，她是我的柔情，我曾在日记里写过。

你走了，我不送你

她发来一条短信，说她已经走了。我还躺在床上，因为昨晚到三点才睡，所以醒来的时候，眼角涩得不行。此时火车已经徐徐驶去，开向远方，或者是开往逐梦的方向。

铃声响起，我们都进了教室。那是 2012 年，我们都还在为考大学而努力。认识她就是一种传奇，我每次跟她说，如果一开始知道你那么强大，我一定不敢招惹你，别说对你大呼小叫，就是看着我也会躲到一边去。然后她笑笑，很优雅。

那年高考复读，因为压力大，所以我选择主动坐到后面，为的是所谓的独善其身。那时候她也在后面，班级学生太多，我对她一点印象都没有。我把桌子搬到她旁边，对她说，要不你和别人去换位吧！我不喜欢和女生同桌。她用眼睛看着我，一句话也没说。我觉得这分明就是对我的不屑。说真的，一直到现在，我都感觉愧对于她。因为这个眼神，我最起码半个月没搭理她。

我忘了第一次和她说话的情形，记忆里有的是那种小心翼翼。其实高中阶段很多时候，小心翼翼是如此重要。因为一不小心，可能从此再也忍受不了没有她的生活。

我感觉她挺好的，过了不长时间，就把我在复读时最好的男性哥们撂下了，哥们每次都说我重色轻友。不管他们说的对不对，我到现在都一直认为，做学生这些年，真心朋友有几个，她算很重要的。哪怕真是这样，我倒感谢起自己的重色轻友来，因为遇到一位好朋友不容易。

那时候一起学习，晚自习听她侃侃而谈。我时常想，如果我那时候像现在这么能说，也不会什么都输给她。记得那时候和她打赌输了，我足足在操场跑了三十圈。她在一旁说，如果不行就停下来吧！说真的没必要在她面前显示所谓的我比较男人的一面,我只是真心地去呵护一起努力的岁月。跑完之后,还开了个不小的玩笑,你看看我最后还冲刺了呢!

和她在一起是我复读时最开心的一段时光。每天听她给我讲人生道理、爱情和生活。以至于我的爱情观很短浅,如一生一恋,要对别人负责,不能欺负女生等。反正我现在所能做的最好的,她好像都潜移默化地影响到了我。以至于大学谈恋爱,也硬是把心掏出去了。

我喜欢她笑,真的会给人一种很安稳的感觉。我看不得她伤心,那样我也会不高兴。其实她不知道的是,那时候有个女生说她不好,我硬是和那个女生吵了起来,从此没和那个女生说过话。尽管那个女生一直拿我当学习的偶像。

记忆里有些东西总会在失去中得到,在得到中失去。

就因为十块钱,我成了她的老大,可我也伤透了她的心。

不管怎样我承认,我当初让她换位的思想不纯,因为我对女性同桌比较好,好的胜过对自己。所以我不愿意让她成为下一个别人议论的话题。

我有时候真的也很敏感,一直认为喜欢文字的人,敏感是必不可少的。可也因为敏感,让她伤心,让她无助。

可能是心里在乎,所以才对她的每一句话都那么在意。

也怪我那时候太过忧伤,青春迷茫,励志的决心太大,所以要求自己的也太多。

或许我应该感谢有那么一段岁月,我的生命里可以没有其他人,但不能没有你。或许今天你走了,不留一丝痕迹,可留在我生命中的印象,却永远洗刷不了曾经的秘密。

2013年,听说她谈恋爱了,大赞是不可能的,人最怕失去,因为只有失去才会痛心后悔,哪怕是非常好的朋友。

虽然她常对我说,我不联系你,你就想不起来联系我。可能是我太过幼稚才会觉得你不会离开我以后的生活。

2013年,知道她过得不容易,我却帮不上忙,其实内心挺着急的。说实话，长这么大，我不太会安慰人。也因为过早地注入独善其身之念，才让我对人间冷暖如此淡漠。

前几天听她诉说，我只能敷衍地应着。因为我不知道怎么去说，可能做个倾听者，才是最好的抉择吧！

也是前几天，她说我写的文章很好，还近似开玩笑地说，你的文章里写了别人，问我写过她没有。我一口回答，当然写了。她问什么时候，我说是在 2012 年的 8 月，我本子上有。她无助地笑着说，原来我已经停留在过去了。

对此我想说，我写别人的时候，语言华丽得很，写她的时候，竟都是大白话。这或许就是来的自然，所以写的也自然。

她走了，我不送她，她还会来，因为我没有送她。最后用她送我的话，来给她践行。

没有一颗心会因为追求梦想而受伤。当你真的渴望某样东西的时候，整个宇宙都会来帮忙。

有时候，上天没有给你想要的，不是因为你不配，而是你值得拥有更好的！

我许诺在未来的任何一天，如果你有任何烦恼，任何事情，去找我，我会竭尽全力帮你！希望你记得，在你困难的时候第一个想到我，我就会很感动。

这是一个秘密，也是一场不为人知的邂逅。

岁月不会辜负你的等待

我们走在路上，一个人总会羡慕别人的爱情。有时候渴望被人安慰，有时候渴望被人悉心呵护。这是我大学的第三个年头，九月份打尾，和校园的桂花相依，与心灵的孤单毗邻。

朋友总问我，为什么要去执着。我说我不执着，该是多么对不起自己的内心。我已经 23 岁，岁月早已让我学会了不再轻易，即便所谓的一见钟情，抑或长久等待。我细心照顾好自己，不愿被生活的匆忙同化。

爱在我心里就是一场英雄梦，我无怨无悔。有你，我可以把心交给你；无你，我能够把心交给岁月。岁月仓促，匆忙了脚步，但绝不会离我而去，哪怕变成记忆。我承认岁月让我老去，即便羡慕别人，也会安慰自己，遇到了一位可以交心的朋友，原来不过是无聊时候的守候。半夜突然醒来，打开台灯，在室友的鼾声中看书，一直到凌晨三四点。黑夜愈发的黑，让我成为黑夜所要吞噬的美味。

可不管你承不承认，岁月总不会辜负你的等待。它会在某个时候让你学会伪装，伪装之后就是成长。人到了一定年纪总会孤独，其实孤独是一场心灵的平静。让自己静下心来思考，岁月会让我们遇到更好的人。朋友说他很孤独，总想找个女生给自己安慰，我一旁听着，总是不安。我何尝不知道这种滋味，我也会半夜醒来辗转反侧，因为别人的离去变得愈加不甘。有时候因为一个梦，一整天忧郁。在那个梦里，我遇到那人在朝我微笑，然后转身离开。

这些毕竟是一场有始无终的守候。突然有一天，我们发现，曾经不喜欢我们的人开始喜欢我们，曾经自己那么深爱过的人，再也没有勇气去想她的存在。一切都会好的，不用担心，我们还年轻，是该经历一些磨难，让自己破茧成蝶。我们会有自己的生活，自己的事业，自己的家庭，然后享受四十岁带来的成功。那天我近似开玩笑地说，别着急，一切都会好的，一切都会有的。不要太贪心，年轻就想拥有一切；不要太痴情，年轻免不了一场孤单的旅行。

可这种孤独，我们每个人都不想照面。曾和别人探讨，岁月当真会让我们遇到更好的人吗？她说她不相信，我说我也不相信。可最终还是带着彼此的不相信去享受岁月所带来的秘密。兴许岁月真正的秘密，就是让我们彼此逃脱，选择孤单，然后破茧成蝶。

总会不经意间给这个世界添上枷锁，总会无缘无故学会冷眼对人。我认识一个朋友，和她在校园说话时，遇到很多学妹和学长恋爱。她看着颇有微词，她说她真想上前劝劝学妹，怎么可以这样，不去了解，就去谈情。我看着她，笑笑。我也不知道说什么，岁月的老去，让我们似乎看透了爱情，抑或是我们用大三学姐或学长的身份，告诉她们，曾经让你惊，让你悲的人，现在显得多么单调。

但不管怎么说，我始终相信，岁月不会辜负你的等待。这个世界，我们一起激动过，一起悲伤过，一起挣脱过，也终会一起等待。也许在不远处，我们突然发现，我再也不会复杂，我可以因遇见而再去简单。这一切的守候，都是为了有一天，你着了一身洁白，我微笑等你到来。

我们应该笑着对自己说，还好我有大把的时间，把自己整理好，在遇到你时不必太仓促。每天要笑对生活，羡慕的羡慕一下就够了，如果真的有伤，半夜里舔一舔伤口，别让自己那么疼。没有人命中注定是被辜负的，也没有人一生下来就是孤单的。我们只是有一次，遇到了不开心的你，把自己对你的安慰化作了情。

亲爱的，你还好吗？我要问你，你流泪的时候，是不是和我一样，嘴里说着不去想，然后又怕岁月辜负自己。可亲爱的，你知道吗？我还好，因为岁月总不会辜负我们的感动。

寻觅你的影踪

什么可以承载幸福，慢慢变老，互忆往昔，终于在你的年华里我有了真实的存在。

我在翻看以前写的文字时，不经意间找到了一句她曾经说过的话，我就摘抄，留在日记本里。她就是她，我不知道她过得好不好，或者她身边的男生对她好不好。

时间不是解药，也不是毒药，而是慢性迷药。让你昏昏沉沉，以为黑夜只是留给坚强的人。我们从原来的懵懵懂懂，早已成长为不会为了感情放弃原则，放弃梦想，放弃大是大非，但却会无缘无故，睹物思人。

那时候我还没为校园的桂花香醉生梦死，也没为玉兰花写上几篇文章，甚至而今我最爱的合欢树，也不晓得它的名字。而我却知道你，文字里透着忧伤，生活中自在安详。就如此刻，我敲打手里的文字，满是祝福。

人的祝福，其实是最重的感伤。我依稀记得第一次见你的情形，你一直笑，我都不好意思说话。不过还是问了一句，你看看我有没有脸红。你说，好红。然后我会伪装得很平淡，说是天冷冻的。

我的手机里会有你的照片，傻傻的，很可爱，然后会设个密码，故作神秘。你的手机里会有我照片做成的壁纸，我看了，其实很丑，我没好意思说。你说没事的时候可以写信给你，还好我知道你喜欢文字，写了两天，五千字的信，却来不及寄给你。到现在，两年的时间里，我总共写了三封信，一封写给未来的自己，一封前些日子写给笔友的文章，一封写给你的。一年多了，我珍藏不了记忆，只能记下自己的文字，美其名曰——曾经的青春。

或许北方的天气，早已凉透。又或许你找寻到了自己的幸福。我不悲不喜，不记不忘，不痴不嗔。也许我们所能做的就是彼此照顾好自己。谁说满天星语会有承诺，我相信我的承诺会永恒不变，只是满天星辰，却不能重演。

我不知道现在自己所表现的深情是不是从你身上学到的对人的真诚。有过悲伤，就会有成长，有过成长，就会有感动。以前看来什么都不是，现在看来，也是什么都不是，只是略加一种复杂的感动，就像你曾经对我说的，只要你好，我就好。

我其实全明白，那是你对我的影响。谈一次恋爱，我总会对别人去说，只要你好，我就好。我不会限制别人的自由，如果有一天，你找到了自己非常喜欢的人，说一声，我会离开。

青春本来就显得太过仓促，遇到一个自己喜欢的人，该是多么不容易的事。

朋友总会问我，自己对于青春的点滴早已麻木，即便所谓的喜欢，又有什么，还不是会因为时间变得恨比爱多。其实这些事情不说也罢，选择一个人，用心不是为了得到，也不是彰显你对爱的誓言，而是学会感动，学会照顾好别人，学会坚强。

当在三十岁的时候回忆青春，该是一件多么美妙的事。正如我对待自己写的文章，不会像以前那样，写完懒得整理，甚至一把火烧掉。我学会了珍藏，这与梦想如此相像。

我知道你还好，你站在我面前我依然会微笑对你说，嗯，又长高了；我知道你还好，距离与不联系，本身不矛盾，只是把心中珍藏的情意当做青春；我知道你还好，那天你没事进我空间，我一下子就捕捉到了你的影子；我知道你还好，像我一样，每天没事打打字，唱唱歌，追求一下心中所想；我知道你还好，因为我很好，所以你也不错，虽然逻辑有点不通；我知道你还好，就像我写的一首诗一样。

别走，你忘带了微笑，短暂的一生，何必栽培烦恼，微笑走过，生活该是怎样的一种美妙。你若不知道，就去尝试吧，看看和你想的是否一样美好。

生活如此，你想知道她的名字吗？告诉你，她叫初恋。

我知你不会来，我不会走

闲时唱着小歌，也会随音乐舞动起来。舞动的不光是青春，还有青春带给我们的伤痕。

有时我会有一个颇怪的想法，想成为一棵树，成为永恒。

自然是不成的，还得想想为什么会是这样，得失之间，失去了才懂得珍惜，得到了却想去失去。

人的奇怪有多种，自私的你和孤独的我，是两根平行线？你从我的文字看出我的孤独，可你忘了我的生活。你不知，却要假装懂我。傻瓜，你想多了。

我的世界本身简单，遇到你让我复杂，然后你去质问，为什么对你如此无聊地牵挂。你不知，春逢秋，秋随夏，我只怕秋叶会枯。而你，不是希望你的世界永远是春天吗？

哦，我也是傻瓜。亲爱的，我真的好傻。

像现在这样的夜里，我不知花了多少时间来写文字。青春的所有梦想，此刻都一一落地，准备前行。谁会知道我走在路上，笑得如此开心。因为你的一句话，谁又明白，生活的美好总归会被嫉妒的，最后变成神话。

是吗？我用柔弱的语气对你说话。去吧走吧，一丁点儿都别剩下。

我不喜欢白天的时候还要看你靠近，这是苍天对我的惩罚，最初的错误，竟然延续到现在。我很佩服自己的努力，像个老人为了孩子。

你知道我从来不会说话吗？不知道吧！你知道我很开心的时候，会努力地想你吗？不知道吧！你知道你不开心我有多紧张吗？不知道吧！

我想问你，自私是什么样子的？我从来没经历过。

哦，亲爱的，你根本不需要感动。有什么，什么都没有，因为选择，会成为整个结果的元凶。走吧走吧，我不需要同情，也不需要安慰，你好跟我无关，我就算不好，跟你又有什么关系。

从此这个世界没有以前的我，只有以后的我；没有以前的你，只有走开的你。我愿记下，未来会不会给我们开个玩笑，让我突然有一天，连你的名字也不愿记住。

哦，亲爱的，我还会泪如雨下。我感动了我自己，不是吗？

我的世界本来就不成样子了。你收拾好笑容，面对你的明天，我整理好心情，面对未来的期盼。我甚至不愿你发现我的影子，哪怕最后一点想念。

可亲爱的，事实就是这样，叶的飘零，不是风的追求，也不是树的不挽留，而是我在最初的时光，懂得感动。

亲爱的，你会长大，总有一天你会长大。会对人说笑，会对人伪装，会在这里因我而心痛吗？

哦，我想多了，就像我对这个世界许下的诺言，从此和你一刀两断。

我不谈岁月，那时候谁认识谁，唯一有的，是岁月在脸上的沉淀。

可亲爱的，如果某一天，我突然想起来了，是不是还会变得如此不甘。也许不会了，那时候我遇见的是如此美丽的你，可现在，你的美丽，与我无关。

我在问我自己，这一切的过错，我能否承受得了。不对，我根本不需承受，岁月总是饶不了痴情人的怨。

如果有一天，我忍不住问你，你一定要骗我，就算你心里多不情愿，也不要告诉我，你从来没有爱过我。

让我带着梦想去飞，远离有你的空间。

亲爱的，安慰自己一下，心有多美，明天就有多快乐。

我还有的，是文字里与你相遇

有时候我会想，假如忘记所有，生活会不会更快乐。没有独处的孤单，没有黄昏的眷恋，没有心思的不甘。

这篇文章我必须要写，写下来就把它沉淀，退出我的心，丢掉记忆，温暖向前。

你总爱笑，我知道我总会在你笑容里迷失，多少次下定决心离开，立刻离开，一句话不留。可我明白我内心的不舍，那份对亲人的依恋。我对你说，你就是我的小妹，和我家里的小妹一样亲。原谅我没能兑现承诺，因为我知道一切在你看来都没有结果。

要怪就怪自己太叛逆，爱在现实里，仅仅是场游戏。我不是那个可以操控游戏的人，我把心曾经交给这个世界两个女孩——一个是你，一个是我小妹。

我还有的，是文字里与你相遇。不知何时，我偏爱上了写情诗。我知道我用心书写着那炙热的表白——你想知道春天的秘密吗？那时候我遇到你，心思全都在你身上。表白之后，内心的挣扎，没有说出口的思念，都变成了黑眼圈。

其实我一直告诉自己，一切都过去了。过去的就让它过去，有什么大不了，男人是活给这个世界看的。可我是那么了解自己，处女座的男生，心思有点敏感，感情有点投入。

自认为坚强的我，在别人面前是那么古板顽固，甚至不曾向别人道歉。可在你面前，我却收起了自己的狂妄，或许心总会为了一个人变得柔弱。

可这又能怎样？英雄梦照样会破碎，爱与不爱仅仅是一句话的问题，离不离开也就是一个转身的姿态。曾给自己写过这么一句话：决定没有对错，只有舍不舍得，让一切过错归咎于我，还好我仅仅是错过，并不是没有爱过。

我还有的，是文字里与你相遇。那时候你那么爱笑，我怀揣梦想找到你；那时候你让我离你而去，我自认为可以给你幸福。此刻都只能镌刻在文字里，变成永恒，兴许仅仅是个回忆。

寒假过后，我给自己勇气去找你。那一天你笑得那么美，我听你聊了许多你小时候的趣事。你知道吗，那一刻我感觉心思从没有过的明晰。当一切结束，和同学一起喝酒，同学对我说，感情不能太过用心，这样只会伤了自己。是这样的，今生，你忧伤了我的谜底。

当你离开，我试着看书麻痹自己；试着找其他女生表白去忘记你；试着书写文章，给自己鼓励；试着告诉自己，只有自己努力才有机会找到你。这些我都做过，我明白大学的感情很脆弱，像六月的天气。

现在我们明白，没有人离开谁不能活。我们都认为有遗憾才会完美，可又有谁真的愿意在生活中留有遗憾呢！爱的时候爱到歇斯底里，离开的时候也送上一句珍重。我知道这不是我看淡了，而是我明白了，有些爱情只是人生的一场邂逅，我们需要爬起来，给自己宽慰。当你掉到水里的时候，别去抱怨别人不拉你一把，要怪就怪自己为什么那么不小心。

我还有的，是文字里与你相遇。正如从电视里看到的一句话——爱的反面是什么？爱的反面不是恨，而是不在乎。

兴许人是可以生存在坚强的意志里的。

你不懂我，我不怪你

说完话，我的心思有点沉重。踉踉跄跄地回顾一天：八点起床，自己做饭；九点看电视，直到午饭；晚十一点睡，做个好梦。突然觉得，有时候这样也挺好。

习惯了，就总爱用习惯的方式。洗个澡，顺便把脸洗个无数遍，吃个饭，非要就吃那么一点。为了增肥，吃了许多零食，把肚子闹了一番。因为心中所想，急着要世界给个答案。对不起，我能等到春入夏，可是冬日里的寒冷让我怎么抵御。

两年前我坐火车去江南小城。一路上风尘仆仆，欣喜若狂，又略有不舍，带上对未来的向往告别老家。在那儿我学着一个人生活——一个人打饭，一个人跑进自修室，一个人为自己过生日。朋友过生日，请了许多同学，我也学会了给别人买礼物，也学会了在人场里说话。

那时候，有人因为我伤心，我却因为别人伤心。你还好吗，我问她。我是个怪人，你想想看，喜欢文字的我，到底能给你什么？我能给你我的爱，那是心里的执着，何必成为口头的终结。你告诉我，爱情是一种责任，我记下了，因为就是这种责任曾经让我后悔莫及。

那时候，朋友们分道扬镳，我不喜欢联系别人。突然有一天，我接到了一个没署名的电话。

"喂，你找谁？"

"我找你。"

"你是谁？我是你的同学。"

"哦，还好吗？"

"我知道你。你在干嘛？"

"我？我在背书，可我不愿意背书。"

"你还是那么爱学习。"

"哪有的事，医学院不背书怎么办，我每天基本都在玩电脑。"

"怎么会，你曾经是个山水隐士啊！怎么也这般堕落。"

"哈哈，什么隐士，不爱说话罢了。"

"嗯，好了，要上课了，多联系。"

"好，再见。"

这么一句"再见"，我却不知道何时能见。

像现在往返于家和江南小城，火车基本都是站票。不管五一还是十一，我都冷得要死，在两个车厢交接处盘坐，听风嗖嗖地掠过耳根。我会从包里拿出一件厚衣披在身上，一个人把自己照顾得很好。

朋友问我是不是到过她那座城市，我说没有。那你怎么那么了解？我答这是个秘密。朋友让我别去尝试，因为不知道最后的结果，像是一场赌博。朋友说她不懂我，说我有时候像个谜底，让人琢磨不透；有时候又那么幼稚，让人心生怜悯。

可我明白，这两年我到底变得像正常人一样，说话、睡觉、谈恋爱，就是不爱学习，我追求的似乎是一种平淡。曾对自己大声叫喊，遇到什么大喜大悲，让自己变得如此依赖平淡，其实真正变化的是自己的心境。告别了匆忙，发现还是忙起来好。所以把自己整成一个看似很忙的人，每天去泡图书馆，看着闲书，把未来想得那般美好。一切都会实现的，自己的梦想，自己的愿望。那时候我一个人坐着火车，望着路边的烟火，郑重地给自己定了一个计划——未来十年，为了自己，也为了家人一定要努力。

我不会无缘无故的孤独，却又那么在乎别人对我的看法。只是年轻气盛的时候，太想着去成功。不管什么事，我总以为，只要努力就能成功。和高考一样，我遇到太多的事，却得不到自己想要的。也许有些事情不那么在乎，或许可以轻而易举地得到。

写了那么多，我突然明白了，原来一直跟随自己的竟是自己对生活的执着。可也因为执着，而让自己如此孤独。执着的道路上，我曾像个迷失的孩子，用哭喊驱赶着畏惧；也曾像个即将离世的老人，享受着那一刻世界的宁静。

从一发不可收拾的执着，到若即若离的淡漠，兴许时间送给我的，正是我的与众不同。你不懂我，我不怪你，要怪就怪这个世界曾经有过太多遗憾。

没有人问我为什么要写文字，其实这何尝不是一种内心的升华。想想多年以后，我的青春留给我的不仅仅是回忆，还有一笔感情的财富。

给初恋的一封信

亲爱的你:

　　事有唐突,我还是不由自主地给你写下了这封信。记得上次写信,是刚到大学参加活动的时候。那个活动名叫"写给未来自己的一封信"。我当时洋洋洒洒,写了自己的目标,前方的责任,以及大学期间对爱情观、价值观等的理解。我现在早已记不住信的内容,但却是满怀期待,自己收到信的那一天。

　　你之前有给我说过,我可以写信给你。我答应了,只是惰性在我心中滋生,以为这几年不需要去写信。昨天我发现我错了,我需要给你写一封信,一封在我看来可以诠释我全部爱的信。我文笔不够浪漫,当然,信是一种通讯,也无浪漫可言。倘若你想要一种浪漫,我会情不自禁蹦出两句诗来——执子之手,与子偕老。我曾与你说过,当然现在也会对你说,这是我最喜欢的一句诗。知道吗,我只是一个平凡的人,什么都只想图个安稳,包括我想进又想出的爱情。

　　和你一起的日子不多,远少于我们相识的时段。我总爱说,我们相识是一种缘分,在错的时间里遇到曾经对的人。我不知道这种相识是否算一种缘分。可走到现在,我也不得不反思自己,反思我对你的束缚。算什么,什么都不算,不算什么,什么又都算。这种矛盾于你是一种纠结,于我是一场狼狈。终于还是有一天,我们分开,不再藕断丝连。我不知道为什么会这样,只是平时是有那么一种感觉,自己像夹在门缝里,想出出不来,想进进不去。我和你说过,我们的爱情需要摸着石头过河。

　　丫头,你可知道,我这一辈子是放心不下你的。即便以后没有联系,心中总会充满感激,感激曾经有你,陪我了解爱情的真谛。不要说我拿得起放不下,其实说真的,当两个曾经彼此熟悉的人,当真如被洪流般冲散，哪怕内心充满的全是怨恨，又怎肯轻易放下曾经的执着。我不会，我相信你也不会，我更相信，你之前所说的只要我好就好，其实不瞒你说，这也是我要对你说的。我基本上对任何人都有这样的心态。一个人活在世上，不是让你身边的人看你活得多好，我想更多的是看到身边的家人、身边的朋友过好，这样内心就平静了罢。这样感觉会很累，我知道，所以我试着告诉你不能这样，最起码在我和你编织的梦里，你一定要比我好。当真那么一天到来，我们彼此最终还是被洪水冲散。只是我想说，我多想陪你在桥上看风景，要怪就怪岁月逃离了心中的孤单。

有些事我一直想对你说，只是我不想去问，更不愿让你认为我的心思那么凝重。其实我知道我的心思不重，我感觉自己还算是宽容。还记得我去你那里的时候吗？我让你帮我写点东西。开始你没让我看，在回去的火车上，我细细地看了。看过之后很不高兴，几百字里，真的你提了太多你之前的感情，包括你之前的男友。其实说真的，每个男生，他都会和我一样，有些凄凉。我到现在总共看了三遍，可我也发现之后我再也不会看一遍。可能是我想得太多，我宁愿怪自己想得太多，那样我就会自责，对自己发火——你这样不宽容能得到别人的心吗？我做任何事就是这么看似用心，其实只是在思想上用心罢了。君子一笑泯千愁，这些无需再想，一切过去不会重演，因为时间会让你从一个地方步入另一个地方。

我有时候走在路上也会笑，就像傻子一般。只是别人不知道我笑的内容，其实说真的，我也不知道。可能是之前看过太多关于笑的语录，笑一笑，生活是那么美好。我记得第一次见你的那天下午，那种感觉深深地植入了我的心田，就像你的微笑烙印在我的内心一样，是不能忘却的，青春的美好就是这般自然，但有时候，仅仅是有时候，我问谁才能知道你所在城市的天气状况。丫头，可能你会感觉我有些笨拙，有些不可理喻，或者说是我对情爱的了解，你不理解。其实我也不太了解自己，除了知晓自己那些优缺点之外，旁的倒是知之甚少。但我还是会发现自己的愿望，因为想太多，所以我发现自己是多么想去拥有一个人，一个只属于我的人。我的星座不是占有欲极强的那种，我只是一个看似温顺其实内心有些想法的人。

六月的第三个星期日，父亲节。可是昨晚我竟然梦到我妈了，真是奇葩之事，这是少有的。早上我是七点十分醒的，之后去厕所，洗漱，到了八点出了寝室。因为今天是父亲节，我给我爸发了条短信。说实话，这是我第一次发信息祝福他节日快乐。等了好久他都没有回我信息，所以果断背起包找个地方自习去了。突然停下自己的笔，我不知道接下来去写什么，有千言万语要说，也有太多纠结往事要寻。寻觅一处住所，放置一张书桌，诠释一段岁月。忘了告诉你，昨天给家里去电话，小妹竟然能叫大哥了，我听着甭提多高兴。想着下一次回家，见到她先亲上两口，却也是一种幸福。这样想想，感觉幸福来得如此容易。用心去爱一个人，不管对方的心理，就算是一种幸福吧！幸福没有坎坷，没有荆棘，唯一有的是那甜美的微笑。

所以，我要告诉你，照顾好自己，做一个幸福的人。走到现在，回过头来，发现我没给你过什么幸福。我是个失败之人，最起码现在在感情上算是个失败者。真的，我不知你怎么想，如果彼此离开能让你幸福，现在我会选择退出你的世界。不管怎样，丫头，做一个幸福快乐的女孩。别太多悲观，别太多浮华。过眼云烟，就让它过去，花开花落，就让季节诠释属于它们自己的美。我们所能做的，便是清心淡然，不以物喜，不以己悲。你可能做不到，其实我也做不到，可不管如何总归要给自己一个乐观的理由。生活其实更多需要不急不躁，斯斯文文，大大方方地去面对。

其实我想说，丫头，我总归是深爱着你的。不仅因为你是我的初恋，更多的是我不能忘怀走进我内心深处的那个人。我与你说过，我曾和很多女生关系要好，但不管我曾经对她们的感觉怎么样，她们最终只会停留在我的内心表面，仅仅曾经触动过心灵。而你不一样，你让我有亲人般的感觉。当然我也把朋友看成是好哥们，好姐妹。交友之道胜于爱情之道，但爱情远远超出了友情在心灵中的震撼。不管如何，我还是要说，我不可能因为任何情感的纠结而去放弃自己的梦想，不管家人、你、朋友，还是自己偶尔的一处小纠结，都不能去动摇自己心中所想。我可以不去追求那些不切实际的事物，但我还是要给自己铺上一条布满荆棘的路。就像我跟你的爱情，有太多坎坷。我伤心过，纠结过，思考过，努力拥有过，全力挽留过，但最终我却失败了。承受不了太多的打击，是我如今最大的病痛。所以我必须要去学会面对，学会承受，学会化解。你也不用担心，以我充满哲学的脑子，一定能让自己变得更加成熟。

每个人都有缺点，你也不例外。虽然我时常对你说，你很好。说真的，你也有很多想法让我看不懂。

丫头，首先我要说你一顿，你又去看小说了。你可以看，但请你用心去看，好吗？对于一些好的书籍，可以给你正能量的，我非常欢迎你去看。对于那些情啊、爱啊、生啊、死啊的，我不反对你看，但请你只进行浅阅读好吗？一生的路需要自己去走，很多道理需要生活去总结，别人的总结不一定适合你。也许女生比男生爱幻想，也比男生爱追求美好生活事物。这是我现如今对你们女生最大的理解，我相信这也是最重要的一点。

要说你的性格，倒是有一丝冲动，不过我不想去谈。其实很多时候我是能感觉到自己内心的波动的，就像你昨天说的话，然后晚上我就想，你为什么那么说。我可以理解是你神经的一时短路，我也可以理解是沉积在你内心已久的挣扎。我想描述一个场景，可能与你不符，但多少是我的感悟。有一天你在看小说，那些言情的或者有关感悟的书，突然你发现一句话——一个男人如果不能接受你的过去，或者向你提出过分手，这样的男人是不靠谱的。然后你对号入座，然后你发现有人就是这样，然后你有所挣扎，不知怎么办，然后你下定决心，做出选择，最后离开。会有所谓的选择，所谓的离开。场景到此结束，我不会对此持有任何态度，我只想说，一句话不能改变一个人的命运，却能束缚一个人的一生。这仅是我个人理解，我相信与你不符，但我还是要说，好好去走自己的路，不管是谁，都不要成为自己的绊脚石。

你的胃不好，照顾好你自己。对于我你也不用担心，我只是吃不多。

还是那句话，不管以后如何，你都要照顾好自己，爱惜好自己。我多多少少也明白了一件事，也想通了一件事，发现我就像那晚间的月亮，与众不同。昨晚和同学说，其实做星星也很好，可以一眨一眨地望着自己想念的人。只是时间的流逝，注定仅仅是一段路程的回顾，抑或是零散的纠结。

时间悄逝，我的心情早已握不住这支笔。不管结果如何，过程总该是美好的。但愿这份美好留有回忆的种子，开出你的世界，念你幸福。

闲话不说，一句祝福，你若安好，便是晴天。

只是今夜刚好想到你

过了睡觉那个点，就很难入眠了。然后翻来覆去，想岁月带来的不安，也念着离别之后的孤单。

总是这样，我们习惯白天的欢声笑语，晚上独自一人时，褪去的是那层坚强的壳，内心变得柔软。

也许你还不知道，只是在今夜，我想到了你。

淡淡的忧伤，没有脾气，点着的烟火，寂静的星辰，只是一种想念的安静。我在想，爱的时候，如果我们也可以这么安静该多好。

生活如此美妙，你该映衬那夜空的星辰。

这是多少个重复的黑夜，我没能理清楚，也理不清楚。岁月重复让我们选择悲伤，只是为了在今夜让我想到你，然后对自己说一些安慰的话。你看看，我们这样不也挺好，没有琐事纠缠，也没有喧嚣的折磨。

我只是想，遗留的回忆岁月，是应该小心翼翼；还是变得小气一点，彻底抹去；还是你终归会冷漠，变成路人。

这不是情感的结局，却都那么让人心碎。

从朋友做恋人容易，从恋人做朋友却是难上加难。它必须经得起你的内心游离的回忆，那该是多么不在乎，变得冷眼对人。因为在乎，才会选择。熟悉的人，要么更熟悉，要么从现在开始，就只留那份或美或悲的回忆。

白天和朋友谈及爱情，我特别喜欢他说的一句话，爱情其实真的不要太刻意，把它简单点，自然也都简单了。

只是我们有时候真的会纠结，渴望一份真挚的情，说着"执子之手，与子偕老"的誓言，但明知道不那么现实。

真的，一个人生活惯了，突然两个人，是需要包容的，也会明白怎么去爱，怎么去照顾人。也许生活方式变了，还能去很快调整，可两个人突然变成一个人，却需要承受，承受这黑夜，承受把她当亲人看待的瞬间。也因为如此，今夜我想到了你，除了安慰，竟说不出丁点儿怨恨。

人这一辈子需要感谢的人很多。爱了，感谢有人去陪伴你；散了，感谢她曾经的陪伴。没有任何对不起，就算心里有伤，躲在黑夜的角落，哪怕大哭一场，哭得死去活来，只要是你自己就好。

"故作坚强了吗?"然后总会有了解的人说，"没事，想哭就哭吧!"我不笑话你，因为你真的用心了。可眼泪只是一种逃避，如果哭泣能让心情彻底放松，能换来与她的再次重逢，也许我早已成了一个泪人。

在一起时总是逃避，然后现在吵着不要逃避。这真的是太幼稚的抉择，然而在生活中却那么普遍真切。

同岁月有个不短的约定，谈不上岁月会让我们遇到更好的人，可内心确有这份企盼。

在自己的年纪，好好地静下来，变成一棵树，要一个姿态。这是人生的姿态，与爱情无关。

从早到晚选择忙碌，也许真的，忙碌是一种责任，更是一种佯装坚强，可却那么合时宜。

只是今夜刚好想到你，就算生活总会有伤在祭奠，在这立春时节，总应该向前看，春天到了，那是你最美的时节。

岁月真的会让我们遇到更好的人，也从不辜负我们的等待。

总会有一个人的到来，让你原谅之前所有的不甘与怨恨，你唯有等待。那一身洁白的礼服，温润的笑颜，她只是给你开个玩笑，让你学会承受各种各样的人带来的伤，你若战胜不了，还怎么遇到对的人。也不要怪她太狠心，流浪的心需要归宿，总不是一帆风顺的，适合的人到哪里都跑不掉，但要始终存留必下决心的勇气和准备好赞同的姿态。

如果说这只是一种安慰，我想说，其实生活就是懂得安慰，然后面对的时候，能淡然处之。

只是今夜想到了你，我会选择忧伤一会儿，也会知道怎样安慰自己内心的纠结。不哭不闹，不说一句话，这样自然已经很美好。

生活里真的不光只有爱情，可爱情，却不是那么容易说放就放的。源于尘世的一种俗念，也是生活的一种必然。

可岁月总归会让你学会善待自己。生活会把你伤口的刺，一根根拔去，哪怕刚开始很疼。等伤口只是过去的痕迹，或者成为疤痕，却再也影响不了身心的感觉，或者这就是一种看淡，顺其自然。

我只是今夜想到了你，也在意和岁月做的约定。真的，以前那么不相信还能遇到更好的人，现在突然觉得，这只是一种心态。该来的总会来的，该走的，也不会留意你的感受。

所以只有自己所谓的遇人不淑，遇事不淑。冷暖自知，那该是多么深情却痛苦的感受。

如果你还处在纠结的边缘，我想好了要去安慰你，没什么大不了，用心的人总会变得不再那么用心，善良的人，只会对自己更加善良，对自己好点，却真的是一种人生状态。

我们要不要搞得那么累，还要问岁月何时遇到对的人，其实大可不必，你看看，走着走着，花都开了，你还会认为春天不美丽吗？

走着走着，
花开了，我却不知

走着走着，
花开了，我却不知

　　有没有一朵花，藏着秘密，带着自己出入四季？其实莫怪花的姗姗来迟，也许它只是躲在春天的角落，不愿那般轻易见你。让你孤独吗？让你苦闷吗？可总有一天你会明白的，走着走着，花开了，我却不知，本身就是一场遗憾。

　　有遗憾的青春，才是最完美的；有孤独的追求，才能不顾一切。

　　我相信，不是因为我们没有看到，而是因为我们需要成长。

目 送

有人问我为什么那么喜欢文字，我说我喜欢背影，睁大眼睛看着她一点点从我视线消失。朋友一脸茫然。

我母亲去南方打工的时候，总爱赶早坐车，那时我还在被窝里，其实我没有睡着。几天前，我就盼望着这一天的到来，突然这一天到了，我却睡不着了。一直认为母亲很唠叨，总想着她快点离开，好让我耳根清净，等着等着，这一天等来了，却再也无心去睡。母亲跑到我的屋子来，掀开我的被子，我象征性地醒来，还得说她一番。她笑着说，"我走了，在家好好的，没钱了给我打电话。"我总是一副不耐烦的样子，"知道了。"

母亲转过身的时候，我看不到她的眼泪，她面朝我的时候，总是微笑着的。就是这样一个女人，撑起了养家的所有负担，也撑起了我的坏脾气。她总说我性子倔，我也明白，在家里面她最怕的是我和她吵。

我知道母亲流下了眼泪，虽然我看不到。这么多年，她在异地工作，少见家乡的梨花，还有九月份成熟的梨子。这么多年，她让我爱上冬天，其实小时候我是最怕冷的。

我看着她一点点从我的屋子走出，那单薄的背影让我孤独。

上高中的时候，我寄宿在校外，自己租了个房子，夜里一个人回去，总要经过一段很黑的路。我一直认为黑夜是留给胆大的人的，来来回回我从来就没有怕过。

祖母从家里来看我，带上一包吃的，还有微笑。她随我走过那条路来到我的住处，看着我吃完饭就走了。我送她到路口，一路上她总是说，"回去吧！在学校要好好学习，吃饱饭。"我应了她一声，脚步却不愿停下来。待到了路口，脚步却不得不停下。祖母走了，带上影子，在阳光下，留下印迹。

那条路一直都在，走向远方，还是停留在当下，都需要一番勇气。祖母离去的那一瞬，我似乎明白了，原来夜不是留给胆大的人的，而是用来创造胆大的人的。这唯一需要的，就是勇气。

我看着她一点点走向远方，那缓缓的脚步让我思索。

我也和别人一样同小女生谈恋爱，谈着谈着就迷失了，我也和别人一样去和小女生分手，十指相扣，注定拉不近心的距离。其实最远的距离，就是在最近的距离里，做着彼此不相干的事。

"我如果爱你，绝不像攀援的凌霄花，借你的高枝炫耀自己；我如果爱你，绝不学痴情的鸟儿，为绿荫重复单调的歌曲。"那时候我想着怎样做一个慰藉，免你惊，免你苦，免你四处流离，免你无枝可依。只是流浪的心失去了依靠，就像爱情敌不过岁月，愈发苍老。

她说她想了很久，我惊讶她怎么会想那么久，她说岁月会让我们遇到更好的人。我无语，心想你怎么知道。

我们为的是一种等待，还是伤痛背后的折磨，还是什么都不是，只是一番天马行空，心血来潮。

我看着她一点点消失的背影，那心灵的伤痛让我心碎。

到底我为什么那么喜欢文字，其实我也不知道，只是背影似乎了解我的心境，仅此而已。

你的孤独，虽败犹荣

　　那天我把之前写的文字，全都打印出来，向室友炫耀。我一直坚信一句话：如果没人理解，那就用事实把他们打垮。我所拥有的他们都没有，这也算自己的骄傲。令我不解的是，室友说要看，而且一下子全都看完了。我承认除了我之外，他是唯一一个看完我写的文字的人，这令我颇为感动。

　　还有一次，一位朋友说她把我空间里的所有日志都看完了。我知道有不少，大致算了一下，将近七十篇。听了之后，总感觉内心怪怪的，我写给别人的文章，别人也许不会来看。突然有一天，一个小丫头，用颇安慰的口吻，对我说你的文章好伤感。我甚至来不及当面谢谢她，谢谢她能去承受我的青春，从迷茫到孤独，再到长大的蜕变。

　　我的文字确实有些伤感，别人问起的时候，我总爱说，我是用心写的。其实谁又不知道，青春是一道明媚的忧伤。我们在这绚丽多彩的青春里，种下了种子，渴望开花；选择了爱情，渴望长久；温暖的午后，渴望朋友的祝福。你的孤独，不是你本身造成的，而是在这个年龄，外界对我的期许太多。

　　这让我想起了朋友的事情，他们有的因爱情伤透了心，躲在学校，说什么考研。就算是考研，心里的不甘也会时不时冒出来。为什么会这样？我们的青春到底怎么接受爱情？我一路向东，不知如何回答。他们有的为了家庭匆匆忙碌着。我家里虽穷，可人穷志不穷。我要让那些曾经看扁我的人知道，我不是懦夫。好好努力吧，为了心中的念想。

　　你的孤独，与日俱增，弥漫在黑夜的每个角落。但不可否认，你的内心愈发强大，以至于见人左右逢源，遇事难得糊涂。

　　刘同在《我的孤独，虽败犹荣》里写过这么一句话，"迷茫之后是孤独，孤独之后是成长"。也许人在成长的路上太过于斤斤计较，也太过于鲁莽执着。曾经因为别人的一句话而寝食难安；因为一场感情的终结，变得愈发恐惧爱情；因为上台演讲，而坐立不安。我们都曾有过的孤独，叫承受；每个人拥有的不同的孤独，叫承担。

我有时候也会想，我是如此幸运，还有人追寻我的文字。我有时候也想，我是如此幸福，可以遇到一起快乐共事的人。

你的孤独，可以是一种享受。某个午后，端坐在书桌旁，写下内心的秘密——我知道恨的代价是无助，我选择为你孤独，最起码，我没有不在乎。

你的孤独，虽败犹荣。不管以后是面对激烈的竞争，还是依然选择形单影只，或者因为一件事而选择买醉忘记，请记住，你的孤独，正是你成长的伴侣。这比什么都重要，因为我们还可以选择年轻。

那时候年轻的我们

和所有人一样，经历过必须经历的，历练过必须历练的，才发现生活平淡些真好。我知道这是一种懦弱的表现，所以注定同大部分人一样，沉醉在最简单的梦想里。那时候年轻的我们，不知有怎样一颗心，想着陪伴，想着努力争取，想着孤注一掷。所以我常常期待，伏在窗口，看楼下的风景，想着心中的秘密，任由这春天早早到来。

我有过执着，初三的时候暗恋一个女生，一直到高三。虽然没有说出口，最起码我尝到暗恋的滋味，那是一种唯美的念想。我有过两情相悦的决心，当失去了忍不住难过，但今生此世，我必待你为红颜知己。所以想着用内心的强大去支撑顽固不化的决心。我曾以为孤独是对自己的磨炼，兴许我就是那个少数人，徘徊于生活里，因孤独变得优秀，成就一番伟业。我甚至想过，这世界就算坍塌了，我也会立起躯体，做那个无畏的人。

这一切此刻变得虚无缥缈，过去的人或事，即便当初再美好，回忆起来都多少有一阵伤痛。记得过好当下，我只能这样去安慰自己的心。

朋友有时候问我，人生何必经得起孤独的历练，想爱就爱，把自然的宁静回归于心，让梦想萧条得一文不值。我笑话我自己为了执着做了太多傻事，任何东西都选择自己喜欢的，殊不知这注定是一个无缘无分的结局。可不孤独，又怎么知道什么是自己想要的呢！每一次遇见，记忆里只有一个人影，每一次记住，却总可以沉淀于内心。

我们其实是害怕的，害怕岁月不一定会让我们遇到更好的人。假如你是单身，最起码现在没有；假如你在孤独，最起码你因此还在忧伤。爱情真的好神圣，却又那么令人不敢靠前。即便靠前了，也是心想着怎样两情相悦，抑或是"执子之手，与子偕老"的决心。等一等时间，或许此刻相见恨早，流下眼泪不是你我的作为，其实我们害怕的是自己作茧自缚或梦想里的飞蛾扑火。

曾有很长一段时间，我内心是渴望爱的，并因此羡慕过鸳鸯的忠贞。曾有很长一段时间，我内心是孤独的，我在想那个可以陪伴我一生的人现在在何方。当我抓住了她的衣角，不肯放下，其实是我最脆弱的时候。我怕再也遇不到比她更好的人。因此每次的经历都是一种赛跑，是在与幸福和命运比赛。很多时候，人生的旅途，并不是爱了就会拥有，不爱的时候也会拥有，等真心想爱的时候，却早已人去楼空，徒留凄凉。

那时候我们都还年轻，相信自己的孤独独一无二。一个人行于校园，总感觉花败得早。高考复读那年，我就看了一本书——钱锺书的《围城》。书中有言，人生是围城，婚姻是围城，进去了，就被生活的种种烦恼包围。城里的人想逃出来，城外的人想冲进去。

我们不能哭，尚且还没有那般无助。即便遇不到对的人，因孤独升华自己何尝不是一种幸福。

记忆里总该有一些改变，留了长发，褪去青涩，变得成熟。我曾因为执着变得孤独，将所有的决心放在自己的喜欢之上。最后追求的却愈发简单，简单到一天一笑，一饭一蔬。

爱情于我不再年轻，也不再是激情，甚至可以相视而笑一整天，这或许是而今的追求，只是最怕这简单也会凌乱不堪。爱情于我，不是肌肤之亲，不是海誓山盟，而是不悔的执着，两情相悦的决心。这是一场唯美的豪赌，用岁月充当筹码。

其实，亲爱的，你不必害怕，岁月无论如何都不会愧对你，即使遇不到更好的人，最起码覆盖一层保护自己的沉淀。

花　语

我打图书馆走过，看到一朵朵盛开的花。花色洁白，但看了也叫不出名字来。

天是黑的，空气中泛有焦柴的味道，一轮明月被夜洗礼，时隐时现。花的颜色，在夜里显得更加凝重。透过黑来显白，白得愈发诱人。有诱人的事物，自然心胸也宽阔。

古人爱花的不在少数，尤其那些文人墨客。戏君子于花前，博诗情寄言语。今人爱花的也是不少，自扰庸人常常借花诉爱情的也是有的。我于花写过小诗，"桃花流水桃花开，桃花树下桃花摘""春来知心事，一朵小花开"。再怎么着，我也是花下言客，没以爱情作笔，毕竟是凡夫俗子。

我对花的感觉停留在无动于衷，不喜欢也不讨厌。其实，也讨厌也喜欢。喜欢与否，顷刻间即可，讨厌与否，亦是如此。大学第一年，我把桂花做成标本，一味地喜欢，甚至把对花的情感全倾于它。等到标本破损，心是痛的，便有一说，短暂的幸福只会让自己变得愈加忧伤。所以我往往没来得及看花，就转了头看叶。

春来唯美，往事如烟。小的时候，我家地里的花是极多的，有杏花、梨花、桃花、油菜花、喇叭花等。它们都是美的，理所当然地在我家地里长着。不过我对它们一点兴趣都没有，就像我对不喜欢的人一样，就是不能用心喜欢。等我离家走了，就偏爱那些花了，尤以梨花为最。

爱莲说以花喻人，我是极不赞同的。要我说，管他花前花后，一样凋零，何必在乎牡丹之富贵，莲之君子，菊之隐逸者也。不如花去留花语，花来自开心。所以每每夜深人静，我是愈发思念地里的梨花的。

有时候我半夜偷跑回家，同友人唏嘘夜的清净，凌晨四五点，自然没人打扰我们的脚步声，倒是脚步声扰了夜的贪婪。桂花开了，香味重得要命，友人与我是要打断夜的清静，还是偷偷汲取夜的贪婪。这我不曾知道，只是夜是香的，因为风来得正紧。

自打图书馆出来，我心思空了。是要给花作一篇言语，自然只能这样写着。只是而今我家的梨花要开了，我却不能看它一眼，便始终是遗憾的。

心若人间晴空日

转身，袭初冬旭日，半里叶黄。不知什么时候，偏对落叶起了兴趣。

那是夜雨袭空，满阶落叶的时候，心似乱世孤鸿，婆娑得似叔本华的忧伤。落叶凋零得不成样子，一片一片紧挨着，一层一层重叠着，放眼望去，看不得一处空白，全被这满天的雨，满地的黄占据着。

一向看不得叶的离去，前几年，我还不停地收集落叶，做成标本，试触盈身，品其暗香。记得来大学做过桂花标本，只是多半嗅了香气，便扔了。倒不是不喜欢，而是落败后的香变了臭，便一股脑全扔了去。枯黄的叶却不一样，隔了再长时候，哪怕变换成纤维，也美丽动人。

这落叶是疲倦的蝴蝶，当从枝头跌落的那一瞬，也已注定疲倦人生。高二那年，依稀记得品读朱成玉先生文章的那份感动，念着文字里的亲情，似乎一阵凉风透骨，醍醐灌顶。到了今天，否极泰来，不知为何，偏偏对那份感动不忍释怀，情难自拔，惶惶不可终日。疲倦的蝴蝶早已落叶归根，只是疲倦的人，还在他乡劳累奔波。我一度认为，我能以"先知"问世，可以把未来描绘得华丽难言，但我却很少或是几乎没有关注到自己身边的人或事。

其实，我是爱落叶的，而不是不屑一顾。

那夜冷雨来得淅沥，把整个世界浸有白雾。水气层生，乍暖乍凉，云朵都逝去了，只留下烟雨朦胧一片。此刻，曲终人散，略显孤独，且又发现缺少了一份笑容。

前些年，离开家到皖南上大学，既然是上大学，自然高兴。一路风尘仆仆，虽说是晚上的火车，倒惊喜得一夜无眠。挤在狭小的空间，连转身也是有心无力，虽然疲惫不堪，但看着窗外灯光闪过，想着梦想乘车驶过，多少一阵窃喜，一阵憧憬。当初的一切那么美好，此刻的我，倒像堕入深谷，无力挣扎。

我留着曾经的记忆，却不愿那般生活。

落叶是会疲倦的。父亲一早把我送来，一早就走了。陌生的一切，都逃脱不了带有感情的眼睛，三两句的叮嘱，转头拭去眼泪。一直到现在，每次我去电话与他，收到的总是语重心长的叮嘱。我翻着带有枯叶标本的书本，其实多少略显疲倦。原来，真正的信念，就像落叶般凋零。那落叶归根的演绎，正如温暖向阳。

已是冬至，皖南的寒风来得稍晚一些。那夜淅沥的雨，把秋推向边缘，我是喜欢给季节留下自己的脚印。当阳光再次普照，白雾腾空，犹如蛟龙冲日，又像万物生灵重获新生的仙气。吻过雨水的落叶，在阳光下熠熠生辉，美丽极了。我一旁观看，生怕扰了这般美妙。寒风是来得晚一些，但终是来了，只是在阳光下却也颇暖和。那天，朋友说落叶是孤独的，每个人都是一片叶，在等待自己的那阵风。风里透着阳光，牵拉着梦想，一步步驶来。

我是不想留意这两年的生活的。可是，曾有一段日子，我总爱夜间在阳台上冥思苦想，脑海不停地念着过往。烟火萦绕，夜色迷离，只是缺少了一份努力。我知道我为什么不愿回顾，太多时候在拼命地告诫自己，不管怎样总要拥有一颗向前看的心。不然到最后，浮云逝去，只能独自感伤。父亲那天打电话过来，问我有钱没有。我嬉笑着说，要不你给我打点钱来。他电话那头又说，要吃好穿暖。我这头有些按捺不住，却只是点头称好。

淅沥的雨下了半月有余，那片疲倦的叶已然落叶归根。阳光明媚的今天，我敲打着手里的文字，多少有些感同身受。即便我不愿去书写的文字，原来也是娓娓道来，趁着阳光，微笑一番，心若人间晴空日，像是清早的甘露，醇香可人。

生活不就是为了承受我喜欢的吗！喜欢落叶，享受它的孤独，喜欢阳光，感谢它的温馨。依然一份冷淡的思索，那梦想乘帆船驶来，缺失的却是而今的努力，停泊在黑夜的思索，是因为信念。

有人说，输了起点，那就用阳光弥补。此刻，夜深人静，突然一阵浅笑，心若人间晴空日，原来我一直都有梦想陪伴。不由想到一句话，我们现在所要承受的，都是为以后的阳光增添砝码。

心若人间晴空日，我本燕园二月兰。这便是二月兰与我的秘密，是不，先生。

合欢树

我见合欢树已有两年了，两年前我只在书本里听过，两年后，很长一段时间，我着急于她的凋零，所有不悲不喜似乎在她那里显得将就，我一打皖南回来，就开始思念了。

史铁生先生的一篇《合欢树》，让我开始了对她的执着。之后在书馆的时间颇多，偶读作家散文《马樱花》，以至于才真正开始了解合欢树。合欢树，又名马樱花、绒花树、合欢，形似绒球，清香袭人；叶奇，日落而合，日出而开，给人以友好之象征。

所以自打跟她照面，满是惊喜。

皖南校园有一排合欢树，我喜爱到树下走走，尤其暗黄的灯光，陪我来回，送我停留在石凳上。合欢树倒不解我的孤独，铺满地面的落花，显得格外冷清，似乎合欢也有自己的喜怒哀乐，悲欢离合。从悄然盛开，到无声无息凋零，于我的心境倒是打一处来的。

我得细想这孤寂的来源。一夜秋雨，凄凉了整个世界，把绒毛花打得七零八落。我想着就要离开，就如同那片不知名的叶，毫无思想准备。我记得合欢存在的时间，那时候我赋给她的是思乡之情，还有对爱的执着。

所不能去接受的也要去接受，颇有些怪。和朋友一道走路，看合欢向我们招手。同行友人心生诗意，说要给合欢起个名字。我自认为词汇颇丰，忙想着取个委婉却不失执着的名字。自然是不行的，"合欢"一词，我得用多少语言才能真正诠释她的秘密。

在皖南校园，我常常想家。等到了家里，我却开始想着现在生活的城市。皖南的春来得美些，夏来得潮些，秋来得晚些，冬来得委婉些。所没有的，是我捉襟见肘的孤寂与此刻的爱。

　　突然有一天，我发现合欢的影子，一下子精神兴奋起来。

　　那天我刚好出门，炎热的夏季顶着风也是汗流浃背。我行走在路上，低着头不愿被炎热灼伤。只是这一走，倒让我看到了脚底的兴奋。那是第一次，我发现败落的合欢花也是如此美丽。再抬起头看到合欢，内心涌动的是欣喜还是感动？我怎能用文字表达。光与影的存在，注定终结一生。

　　我家有合欢，自然是美的。我从此爱上了两地的合欢树，相互呢喃已然成了注定的结果，这是一场孤寂与欣喜的较量。

当岁月停留在此刻，我们该怎么去等待

我们常常能从书本里，或者影视剧里看到这样的情节：某个男人或女人为了心中的那个人，苦苦等了若干年。当情感达到高潮时，一句"我等了你十年"，或许比任何眼泪来得都重。

我从不纠结那种等是不是发自肺腑的。既然在那一刻说了，这些年下来，心中或多或少有些秘密。我所怀疑的是，在我们只是遵从此刻内心的时候，说出来的等待是不是会来得长久？有时候我也会反思自己，既然不知道以后的事，为什么还要说着不属于以后故事的话。

这让我想起了朋友的事。

朋友甲追求朋友乙好几年了。经过几年的努力，在一个浪漫却不怎么温馨的清明节在一起了。当时我们都是满心祝福的，毕竟彼此之间的友情颇深。

只是有一天我突然接到了朋友乙的信息，说朋友甲在追求她的时候，也曾追求过其他女生，并且她还认识。这让我略有诧异，不是因为他们的感情，而是追求别的女生这事我怎么到现在才知道。朋友乙问我有什么想法。

我一本正经地理了一下思绪。

"你相不相信一往情深的爱情，像牛郎织女，梁山伯祝英台那样。"

"不相信，童话里都是骗人的。"

"那不就对了，在感情面前，其实我们都是卑微的。就算一场马拉松，中间也会有其他插曲，不可能睁着眼一条路跑到黑。"

其实我们也是脆弱的。在一次次追求不能成功的时候，或许一颗心早已经累了。他追你到现在，也许就是缘分。你有没有想过，假如他追求的那个女生答应了他，你们又怎么能在一起呢？

朋友乙说她懂了，不会在意了。我也认为她不会在意，毕竟是我深交的朋友。

我不怎么和陌生人聊天，有一天心情不佳，又不愿意打扰亲近的人，于是便随便加了个人聊天。

对方是个男士。我告诉他我心情不好，想聊会天。他说他心情也不好。我这个人对别人的私事总有点感兴趣。

"怎么回事？"

"失恋了。"

"失恋是好事，可以磨炼自己，让自己变得成熟。"

"我会等她。"

当时我突然不知道说什么好，就去安慰他，顺便从爱情语录里粘贴了几句话送给他，并且告诉他，等待也要看值不值得，首先要去爱自己，其次再去等别人吧！他回了句谢谢，说不能没有她，必须要等。

我不知道谁才是安慰谁的主角。那天，我也是因为失恋变得心情不佳。只是我没有选择他那般看似执着的等待。

到底等待一词该怎么理解？

当和别人谈恋爱的时候，宣扬着自己"执子之手，与子偕老"的誓言，分手的时候，却说着等待的空话，我会一直等你直到你回心转意。当一切归空的时候，看着所谓的等待到底是执着，还是心里的不甘。这一切的答案，时间是最好的证明人。

只是不管以后如何，遇到什么样的人，发生了什么样的事，总会把等待放在内心，而不是失去你时，嘴上的寻觅。

这兴许就是长大，也是责任。

你的坚强，与我无关

一

当我们还在为岁月会不会辜负你的等待深思时，却不得不去面对岁月带给我们的坚强。望风听雨，好在一夜之间便罢，折柳问伊，却显得如此纠缠不清。

十月的秋，在校园显得单调，郁郁葱葱，没有初秋的冷清。我坐火车从校园回家，正值凌晨，着一身正装，身边的人一个也不认识。龙子帮我把学生证送到火车站，心中一阵暖意。一直以来，我写文章，着手于身边的小事，我用文字来弥补青春的伤痕。总会不经意间就会说一声谢谢，然后彼此开玩笑说，这也太见外了，下次来了请我吃饭就好。

确实，在一个陌生而又熟悉的地方，才会有一种瞬间长大的感觉。我似曾追忆这种长大带来的坚强。

记得刚进大学的时候，自己就像一头出笼的鸟，总是义无反顾去图书馆看书，每天直到很晚才回宿舍。有个胖子室友，一直欺负我，其实也说不上欺负，就是嗓门太大。我一向讨厌别人对我大呼小叫，所以集中脑力在想怎么对付他。直到有一天，我发现他特别喜欢吃零食，心生一计——从他的零食着手对付他。有一张照片我特别满意，我脖间搭个毛巾，手里拿着胖子的瓜子，脚踩着他的垃圾桶，用他的电脑看着电影。当某一天，另一个室友把这张照片发到他的空间，我很淡定地转发，并且附了一句，"哥，这孩子糠大了。"对于胖子，他带给我的更多是一种感动。他说他从来没见过像我这么爱读书的人，也从来没见过像我这么"二"的人。然后他转过头来，暗暗发誓，我一定要减肥，我妈说我应该找个女朋友。

　　我也和我妹打电话，那头的她只会有三件事跟我说——学业，事业，爱情。正如她见证了我恋爱的始终一样，我也见证了她的青春。她每次跟我讲得最多的是我该怎样怎样。该是一个多么拼搏多么有志向的人，或者不要所谓的堕落，像一只涅槃的火凤凰，敢于追求。就像我对一件事的预知，玉兰花开，从始至终，不两日尔。其实生活用不着去总结，每天做好自己，就是对自己最大的概括。

<h2 style="text-align:center">二</h2>

　　对于你的坚强，我该怎么去说。陪你一起哭？一起去问这个世界的公平？

　　暑期里见一位好友，然后她给我讲她的酸甜苦辣，我确实显得不那么淡然，你经历这么多，我听着挺心酸。我用很哲学的口吻对她说，一切都过去了，一切都会变得很好的。在所有的光鲜亮丽之下，有太多不为人知的失落，可我能怎样，触碰你的伤口，让你感觉疼痛。这不是我的作风。

　　其实我们都明白，你的伤只有你自己去承担。不管是因为梦想，因为未来，还是所谓的爱情。我们能照顾好的首先得是自己，然后才是别人。

　　在大学也遇到了几个无话不谈的哥们。有时候也会谈及专业带来的困扰，怎么办？或者说怎样承受自己的不喜欢，就像我跟我妹打了无数个电话说我不喜欢自己的专业。可归根结底逃脱不了命运的安排，虽然我一直顺应上天的安排。

　　人不能以消极面对，也不要用积极承担。消极可能会让你认清这个世界，积极也许会把你带向迷失。正如我们的青春，一往情深，当然是好，可绝对睿智的人，只会对此加以否定。

　　你安好的岁月，我在意突然有一天，迷失了自己。所以我们承载着对别人的祝福，却不得不去孤独地走自己的路。还是有时候，一件事物的遗失，注定回不到过去。免你惊，免你悲，免你无枝可依，还是什么都不是，只剩一场距离。

人只剩下坚强是对自己莫大的侮辱。可你的坚强，需要你学会享受。你的坚强，与我无关。兴许比岁月对你的辜负，来得还会平淡。不妨问一下生活，你还好么？

岁月总会在辜负你时开个玩笑，希望你的生活不光都是看透的坚强。

清秋时下

晚秋，顾名思义，凉得出奇，亦也透彻。居身皖南，算不得真正的南方，与我家那边的方言也大相径庭。人的缜密，秋作无语。

我寻清秋于江边，听长江咆哮，我没见过大海，江便是我对海的缩影。

清秋时下，放开心情，以为可以有一番作为。学生数年，而今依然旅身校舍，颇为不满。不满时候喜欢寻江而坐，人的渺小胜于江沙一粒，有的随波逐流，依然笑迎阳光，有的低沉江畔，含恨笑谁？我在这一晃晃思绪中，博得一丝快感。手持鱼竿，江边垂钓。

就我一个年轻的人，我的胡须还黑得发亮；就我一个闲来无事之人，我的耐性还有待提高。阿爷们头发都白了，钓了条小小的鱼儿，笑得如春风十里。

我是不悲不喜来着，不对，我笑鱼儿太小，我悲太过满足。

两年时光，像白驹过隙那般。打开日记本，零零散散记着一些。

尤其在一切归零时，对自己喜欢的东西寻求安慰，这样颇怪。

如清秋一晃，心变得彻底透凉。

阿爸在两年前就告诉我对我的期望，我在两年后对他说我对未来的迷茫胜似孤独。却也是，残存青春，苍天公平对我。无大悲大喜，大彻大悟更加说不上。

可这青春是极为悲痛的。我行于思想之上，转化成文字，像个小丑。

这秋早已褪去了秋的伤意。像一阵凉风，吹落万千枯叶，在皖南寻不得一处悲情。这样也好，秋看着像春，春轮回至秋，不觉时间恍惚。

难道这不是一种自欺欺人吗？秋是用来欺骗春天的。小草刚出芽那会，我在身边，小草变成枯草，我为此忧愁。可我宁愿为此忧愁，也不愿接受春秋同语。

这不是我能说了算的，我所能做的就是像个孩子，接受阳光。

我于此刻不愿思考任何东西。过往，悲情，优柔寡断，欢快，幸福，甚至孤独。一切存在的事物，都有逝去的那一天，能成永恒的寥寥可数。

清秋时下，我早该寻一片叶子，问它来的时候是否着急？安慰它走的时候莫要贪恋。它的青春过完，而我的生活才刚刚开始。

忙碌或者安逸，隐忍抑或痴情，没有对错之分。我所能得到的，原本都是时间的沉淀。我还年轻，得不到的都是过去，不叫永恒。

可人的思考局限于对美好事物的向往。匆匆数年，那些青春已不再充满幼稚，放飞的还有成熟。

我这个年龄，我最怕谈及事业。邻家小伙伴说着他们工厂的趣事，说自己在外买的房子还在装修，说自己快成爸爸了。我与他说什么？我的大学，我的恋爱，我的文字。每每如此，我不愿用别人对生活的语气来强调自己的压力。安慰自己，还好我还年轻。

阿爸有问我为什么不愿上学，我说我想自己养活自己。阿爸笑，笑我傻气，或许还笑我的认真和我的成长。阿爸对我说，别羡慕别人，你只要努力，就挺好。

我承认我这样挺好。暑假过完，爷爷把我送到火车站。我最怕夜的侵袭，带着月光。那天是中秋节，团圆节，儿女不在家，爷爷奶奶就这样过。我却放心不下，伴着秋的到来，顺着眼泪。

是时候应该拼搏，我知道的。在卧铺车厢，我独自一人伏在窗口坐下。全世界都已熟睡，就我一个人不愿与黑夜道声晚安。随身携带的有笔有纸，竟一个字也写不出来。

那是清秋时下，我知道的孤独。不是为了别人，而是为了自己。你所有的誓言，在没有实现之前多么苍白无力，所有无助，一进入黑夜显得那么贪婪纠结。

我知道我不曾真正努力。不喜欢自己的专业，一直吵着去创业，我也知道我没有所谓的创业的雄心，我怕家人等不及我有成就的时候，我怕照顾不好他们。可我又如此不甘心。你甘心吗？我不甘心。不甘心能说出口吗？像我以前可以对阿爸说，我不要上学，我想追求自己喜欢的东西。但现在，他每次打电话来，我只道我很好，吃得好，穿得好，不必担心。

像秋天总会有小草孤独地死去，但它从不怕没有未来。

可我怕，我怕家人会受苦，我怕恋人会离开，我怕别人对我爱搭不理。这些怕的东西，总会想着去远离。不去给家人打电话，对所谓的恋人视而不见，见别人不搭理转身离开。我知道这种想法颇有些自私，像我在生活里总会批评自己，对别人要友善。

我不要宣扬自己的孤独，只是时间还没到。清秋时下，这个年纪，思考着无所谓的，就能有所得到了吗？我同别人说，我倒羡慕那些此刻正在打游戏的同学，最起码他没有诸多脑力去想未来。可这种说法，我一说出来，便有后悔。孤独本身就是一种成长，每个人或早或晚需要经历，过早的感触未必是件坏事。

就算我们现在什么都没有，就算我们还单身，就算我们一个人去吃饭，就算我们还必须打电话向父母要钱，就算总会抹一处悲哀，别消沉，又有什么呢？生活照样在继续，阳光依然普照大地，四季还是不经意去更替。像此刻，清秋时下，忧伤的是小草，但快乐的也是小草，毕竟它们都在努力为未来做准备。

你去想想，再过几个月，春天来了，是不是还要计较冬天的寒风呢。这不计较也罢。只是我们还年轻，太渴望得到，可没有岁月沉淀，怎能那般轻易得到。所以，请向向日葵看齐，温暖向阳，努力拼搏。

我这样想着，倒该给阿爸去个电话，看我此刻多么幸福。

你在寻觅什么

我在大一、大二的时候不怎么抽烟，有时候实在想抽上一口，就到隔壁宿舍，找松松要上一根。

抽着松松的烟，还跟他聊上几句。

松松是我在大学认识的挺有个性的人。很萎靡的发型，苍白的脸色，戴上眼镜，每次笑容都显得那么傻，像个孩子。

他经常通宵上网，一天一包烟。每次上课心情好的话就坐在最后一排，心情不好就赖在宿舍睡觉。一学期下来，连《大学生思想修养》都能挂科。

同学们议论他，说他这辈子是完了，一蹶不振，做人做到像他这样，也真够可以了。人不可一日无梦想，松松算是跟梦想告别了。

我敢保证，松松在女生眼里简直就是白马王子彻底的反面。

我对松松有我自己的看法。来大学我对自己有要求，不管成绩如何，最起码要有自己的原则，考试不挂科，出门把自己搞得整整齐齐，对人要热心帮助。我从松松身上发现不了他的原则，甚至有一段时间，也会认为做人做到他那样，确实是失败的。

我第一次深入接触松松，是在大班一同学的生日聚会上。当时坐了两桌，我们几个男生坐在一起。松松递给我烟抽，然后另外一桌的女生有些怨言，不让抽烟，我和松松便到外面去抽。外面好冷，松松那天穿了一件单裤。我问他可冷，他笑着说不冷。然后抽完烟，我们就回去吃饭。

那天很高兴，我在庆祝别人生日快乐的同时，也在赞叹自己可以说很好听的话。嗯，生日快乐。

松松一直在吃饭，直到桌子上的菜都没有了还在吃。他还让服务员再给他整点米饭，继续慢悠悠地吃。

　　同学们早已经吃完，坐在一起开他的玩笑。"松松你知道你吃了多少碗吗？""你可真会过日子。""我们要向松松看齐，把饭店赚的钱，在米饭上吃回来。"我听着别人的笑声，竟在高兴中感觉到一丝忧愁。

　　松松就是这样，不学习不看书，不怕别人说也不说别人。松松就是这样，笑着好傻看着邋遢，一个人吃饭，一个人上网。

　　这样的日子似乎贯穿了他的整个大学。他到我们这个班级，同学说得最多的就是，松松又去包夜了，松松又被辅导员叫过去了，松松来上课了，松松又在睡觉，松松哪去了。女生们在笑松松，仿佛她们在励志，一定不能找个这样的人嫁了。男生们也在笑松松，终于有人比我还差，似乎在考试上也都没有压力了。

　　我的心从来不为此平静，从小我是个乖乖孩子，听别人夸大的。我却因为别人这样来说松松而感到伤心。我不停地反驳，最起码你们没有松松善良，没有松松的云轻雾淡，没有松松的魄力。

　　不知从什么时候起，好久没见到松松，也不知什么时候，他突然又出现在学校。他要退学的消息很快传遍了整个大班。我很着急，也很高兴。

　　那天晚上他在宿舍，我去找他要烟抽。其实最真的目的就是最简单的问候。他在宿舍收拾东西，见我来了他停了下来。我说，"你要退学是真的吗？"他还是那样傻笑，"是的，明天我爸来签字。"我又说，"好吧，这样其实对你也挺适合的，不过在你走之前，我还得跟你要几根烟抽。"他笑着把烟递给我。我笑着接过来，用火机点上。

　　那天晚上我们聊了将近两个小时。他依然那么傻笑，而我心中却有一丝丝阵痛。第二天他走了，一直到现在我也没他的讯息。

　　在所有的时间，所有的问候，所有的见解，所要去发生的时候，你永远挡不住来时突然的那种决心，或者是生活匆忙中的小心寻觅，直到抓住光的影子，一点点收缩至黑暗。

　　在松松走后的几个星期，同学们还在讨论。不知松松现在怎么样，没有大学文凭，出去工作只能算是打工。松松的人生会怎样呢？在这个什么都需要所谓文凭的社会里，是不是非得让人饿死才作罢。你想想，等我们毕业了，或许松松还在潦倒，也许松松早已有了创业的本钱。

嗯，是这样的。我听着他们说话，心中竟有一种快感。他们不知道我和松松说了什么。我说，我们总认为木桶效应才适合这个社会，殊不知当我们把其中一块木板发展很高的时候，它根本就不是木桶了，而是一枝独秀。正如我从没看扁过任何人一样，因为我知道，成功就是把自己最突出的地方发挥到极限。松松好好努力，我还要跟着你混呢。松松笑着不说话。

只是时间过了好久，我也联系不到他，或者我根本不需要和他联系。正如那天我去饭店做兼职，碰到了本专业的学姐，突然心生悸动，问她们可认识松松。她们很惊讶，松松以前和她们是同学。她们更惊讶的是松松已经退学。我看着她们惊讶的嘴角，像个小丑。我听着她们的语气，喃喃自语，不是吗？他人很好不是吗？你只是不了解他不是吗？他也很孤独不是吗？

孤独的你，最后的我。松松走的那天，天气格外好，我在想那是不是最后的我对他的祝福。你听，海哭的声音，不会平静。但我们的内心却是永恒。不是吗？

我问我自己，嘴角扬起笑容。

别害怕,幸福会找到你的

　　每次跟着威哥去买衣服,最后的结果总会让我郁闷一会儿。有时候他买了我也买了,他没买我也买了。我是给他挑衣服,过程总是我试了件衣服,问他可好看,他说好看,然后我一脸无助。唉! 又要透支下个月的生活费了。

　　当我拉着他们一群人去买衣服的时候,左挑右挑,就是找不到自己喜欢的。其实见到自己喜欢的,也舍不得去买。150 元,好几天的生活费了。舍不得,没钱,太贵了,还是下次买吧! 倒像个小女生,磨磨蹭蹭。

　　其实,不难理解为什么会这样? 我带着目的去做一件事的时候,有客观原因,也有许多主观原因阻挡。我毫无目的地遇到一些事的时候,要么当场处理,要么随即走开。

　　抛开太多顾忌,幸福总会轻而易举地得到,也许就在你不经意的举止中。

　　前晚和小赵聊天,我说,其实终归下来,我们都是平凡的人,什么都只图安稳。她回了一句我意想不到的话,你还会追逐,我只会等。

　　等与追逐到底哪一个更加毗邻幸福?

　　我遇到过太多追梦成功的人,露出满脸笑容。看过偏安一隅,阳光肆意下安然苦等;也听过等上十年,最终相依相偎;也品过无论追逐的脚步多么快也追不上梦的滋味。

　　只是不经意间,或者说压根没有在意,我们成了自己的赢家,不在乎等还是追逐。

　　别害怕,幸福一定会找到你的。

　　其实记忆是颓废的,那时候她不爱说话,什么事都往自己身上推,我因为了解她,只是笑笑,也因为了解,把她当成一生的朋友。总归要归于平静的,不管当初如初见般美好,抑或是而今的很少沟通。幸福来了,我们不要挡住喜悦,悲伤来了,我们需按捺心情。

　　幸福是不经意间的简单。偶然会爬上很高的楼层,只为看看高处不胜寒的孤独之美。可内心却在唏嘘,我们顺应这个社会的潮流,背上行囊向高处奔波,最后却发现高处的自己是那么不快乐,就像人的尊严没有高低,幸福是没有高度的,但却有自己选择性的高低之分。

　　很高很高的树,也有很矮很矮的时候;很高很高的树,也有枯枝落叶的时候;很高很高的树,也有不幸悲伤的时候。只是脚底下的小树苗,也许正在积极地吮吸着甘露,它要的是成长的快活。

　　所以没必要紧抓幸福,没必要一有空闲时间就去丈量幸福的宽度。

　　能睡一个好觉,是一种幸福;吃一顿饱饭,也是一种幸福。你的幸福也许就在你的身边,还嚷嚷着大骂老天,快乐的秘诀到底是什么?

　　四月,我回家做了个小手术。看着自己想吃的却不敢吃。因为不能吃,看着我家小妹一步一步走到我身边,让我来抱,我却不敢让她靠近,自己连路都走不好,怎么来抱。

　　基于种种,总会有一个很简单的想法,身体好才是硬道理。可当身体好的时候,却再也不会为了饱餐一顿而从心底感到高兴,也不会那么急于想下床出门。

　　很多时候,幸福叩响了我们的门窗,我们只是不相信,幸福怎么可能来得那么轻易,才选择拒绝一切抬头向我们问路的人。

　　这不怪你,你也别怪自己,无论谁也不要怪任何人。权当幸福给我们开个玩笑,想让你对它多留下一份关心,保有勇于追求的决心。即便是等待,在幸福看来,也要放好姿态,而不是毫无目的地归于无求的平淡。

　　别害怕,幸福一定会找到你的。

　　我们根本不需要说什么，走在路上，不说话，就已经十分美好了。

　　就像顾城诗里说的，"草在结它的种子，风在摇它的叶子，我们站着，不说话，就十分美好。"

　　我特别喜欢这句话，真的，它与幸福太像，简单而又美好。

亲爱的你，亲爱的我

我昨晚刚好在家，赶上送伙伴离开，很戏剧性，也很无辜。之前爸妈把我送到火车站的时候，一路上心情很是低落。也许每年的这个时候，总会有点小心情的。

皖北只是个小地方，以前常住人口有一百万，现在打工的偏多，根本到不了一半。

每年过年我从皖南赶回家，家里的玩伴也陆陆续续回来，见了哪家的大人，老远就问某某回来了没有。等临近过年，都聚齐了，一起玩，一些说话。

过年后不到十天，陆陆续续又走了，临走说，这一年真快，再回家又是一年。

我只便听听彼此的感慨唏嘘，难上大雅之堂，自然不愿说话。不管怎么样，新的一年，总是要去拼搏的，好好地工作，给自己一个满意的交代。

小时候我和他们一起上小学。到中学，我就到了城里。高中的时候，有一半退了学。上了大学，所剩无几。在我还在城里上学的时候，他们有的人就已经去外地打工了，这一晃，出去七八年也是有的。

我会自嘲，也很自信。说自己还是穷学生，不管怎样，我上完大学一定会好好工作，不能落后。每个人的理解不同，梦想也早已人去楼空，徒留只是内心的不愿触碰的小时候。

经常跟玩伴谈起小时候，那时候大家真心无邪，没有任何折磨人的思绪。

只是一晃这一年过去了，倒不适应这突如其来的空旷。我这个人愿意成为被送走的离人，也不想挣扎成为空守故乡的诗人，显得悲壮。

邻家小妹说什么也不愿意上学了。我和她有过交谈，悄悄告诉她，其实自己也不愿意上大学，浪费时间不说，还不喜欢那里的人，没家里显得自在。

她呵呵一笑，说那就别上了。我接着又说上大学还是有极大好处的。她让我说说好处，我也不知道怎么说，想了一会，其实最大的好处就是成就了自己最初的梦想。

前几天一发小结婚了，嫁到离县城不远的一个村子。也是前几天，家里比我大几个月的已经结婚的堂姐回家走亲戚，我们几个兄弟陪伴左右。我只是感觉自己还很幼稚，还很年轻，还可以为了自己内心涌动的梦想而去追逐。

这不就是我还是学生最大的好处吗！畅想一下，假如我没有上学，我也许已经结婚了，可那却不是我现在内心想要的生活。假如我没有上学，可能自己只是打一辈子工的命运，那叫殊途。假如我没有上学，家里会有很大负担，真的，作为家里的长子，你必须得承受许多。

其实没有那么多假如，只是一种理解，以及内心涌动的那种不安分。

和朋友喝酒，从不喜欢多事的人，喝就喝，不喝拉倒。也趁着酒劲大叫，其实这距离没有变远，真的，每年过年，我不像别人所谓的大学生那样，搞得深居简出，宛如才子佳人，我只是该干啥干啥。你们可以奚落我，我仍可以陪你们打麻将到两点，喝酒喝到伤肝。

可我试着劝过他们，不要做一辈子打工的人。虽然我也知道，我知道有太多别无选择。

那个邻家的小妹，我不知道怎么说上学好在哪，我也知道以后也是给别人打工。可作为喜爱文字的人，我说腹有诗书气自华；作为要去怎么把自己生活变好的人，我想说，其实你终会明白，读书是潜移默化的财富，谁也拿不走。

我叔家的婶子准备元宵节过后出去打工，其实我知道我不便说什么，有时钱就是命运，不得不把两个小妹放到家里。我能深刻理解，那种没父母在身边的感觉。可以说，现在的我最不喜欢小时候那个不爱说话的我。

所以我急着告诉他们,能不去打工就别去,不行等两年,我毕业,我给你带一个小孩到我那上学。我知道这算大话,他们还嬉笑地问我,那你以后的对象能愿意。不管如何,我知道这件事由不得别人,只是心中的那种善良。要是对那些不得不去理解的人,真的,这世界早已人去楼空。但对待家人,你看不得一丁点儿离别的忧伤。

为什么要去说那么多,其实这真的是一种理解,也是一种对自己内心的宽慰,对别人的祝福。

亲爱的你,亲爱的我,我们都是处在忧伤里的孩子,只是今早阳光充满温暖,让我记下这一缕思绪,让孤单变成理解。

这世界从不缺少爱,只是得看你要把爱给谁注解。

止于卑微，止于相爱

最后还是没有了最后，依然一个人，伴着黑夜，放着音乐，看着文章。

然后会突然想起之前懵懂的誓言，不成熟，不愿失去，不想靠近。

我们经历多少个黑夜，又有多少次安慰，但那只是一时的解药。我们需要理清思绪，向自己的心问个明白，失落总不能解决问题，文笔也不是你安慰心情的药引。那只会痛定思痛，不成熟，显得幼稚。

长大是要付出代价的，不会像孩子那样，想睡了一下子就睡着。也不会懵懂得连责任是什么也不了解。什么事情，只便把它当作一件可以直面的事，就会有解决的方法。

我想你的生活就像别人说的，做不到放手，宁愿卑微。

人这一辈子，总会遇到一个让自己可以卑微一时的人，无论最后是爱还是恨，总不可能永远冷漠。只是时而简单的歌谣，让你唱出了不靠谱。

我想起你的时候，很简单，可我要去忘记的时候，却是难上加难。人总有一种怪怪的感觉，告诉自己那只会给你带来伤害，却还不住地伤害自己。

这火车早已奔驰，开往灵魂再一次不平凡的方向。

第一眼见到你的时候，我问这小丫头是谁，等从此不能忘记的时候，我放弃了所谓的励志梦想，只为缩短彼此的距离。

你还是那么喜欢傻笑，笑得好傻，我总是说你不正经，然后把自己搞得一本正经。我知道我对事情比你用心，对感情从不把它当成小事，它是我的英雄梦想，这一点多少谢谢你，让我明白原来我不仅只有一个文笔的梦想，还有一个关于爱情的梦想，那是无畏的、伟大的，甚至这辈子都弥补不了的英雄梦想。

认识有时候显得无赖，却也那么自然。

和你第一次说话，你只是笑；第一次和你一起吃饭，你看着我吃，其实我饭量不大，我也没吃多少，只是你不知道，我那次其实还是很努力地去吃饭；和你第一次牵手，你惊诧，我还是一把拉住了你的手；第一次和你争吵，我真的不愿意放开你的手，你不知道我在路的那头多么难受，你更不知道，我是多想知道你说分开只是一个玩笑。

上天把我们创造成冤家，必定有它安排的理由。可我依然会无缘无故想起你，对别人只是喜欢，却真正不敢靠近。

这世界真正走进你内心的，即便最后依然失去，不能怨恨，因为有她的那段时间心不曾空虚。

原谅我会感动自己，每敲打一个字，心也会跟着痛。

爱情里，我理解不了为什么连爱的勇气都没有？我也理解不了，你所谓的不喜欢是何种程度？我曾真切地认为，你才是我这辈子最大的卑微，也因如此，再也不会有可以让我卑微面对的人。

总要学着成长，试着成熟的，听朋友说，失恋是让男人成熟最快的办法。我没法说自己成熟与否，我还会和家里的小妹闹着玩，也会在人场上不吭一声，甚至可以当着家人的面给别人让烟。是年龄的一场罪恶，所以我常对家里说这样一句话——人到了该负责任的年龄，不管你处在什么地位层次，是学生也好社会人也罢，你必要用这个年龄的担当来约束自己。

只是那种承受我喜欢，固然会有欺骗。可亲爱的你，我该如何选择忘却？

当我足够好，才会遇到你

和同学一起吃饭，期间一同学问另一同学的女朋友，有没有单身的美女在她班里。我们还开玩笑，看吧，献了那么多殷勤，这才是重点。

自从来到大学，关于爱情问题，我总是理解不了，为什么会有某某某你帮我介绍一个这么一说。而且说得那么自然，没有丁点儿生切。

有就是有，没有就是没有。单身不是因为没喜欢你的人，而是你不喜欢喜欢你的人。所以才去高傲地单着，或者为了一个人傻傻地等着。

何必求介绍？只是为了普遍撒网，然后寻找那个对的人？我必要打个问号。

之前在家看我姐相亲，她相了很多就是不愿意，家里也拿她没办法。我问她为什么这样，她说没有感情，我说感情是培养的，她说难不成你一开始就会接受自己不喜欢的人。我想我也不会，我做什么事都是追求自己喜欢的，可我也明白了，承受自己喜欢的需要付出很大代价。

我竟无言以对，其实是心虚，是怕这种承受她受不了，也怕做不成一个真正敢于追求自己喜欢的生活的人。

很多事败给现实，我只能告诉她，"你不像我，我是男的，以后自己可以拼一把，大不了不结婚。还有你结婚是一种责任，也是对你最好的归属，真的，会变好的。"我姐只是不说话。

我其实一直明白，只有当自己足够好，才会那么轻而易举遇到你。

之前也有过恋爱经历，总结了一下，单纯的人总是受伤害的。我单纯过也不单纯过，发现在没遇到对的人之前，一切不过是记忆开出绚烂的迷失或异梦，真的跟曾经的执着还有深爱没有关系。

前段时间，听说曾经很是恩爱的小情侣分手了，我只便说，很正常，不过是没遇到对的人。

大多数人都喜欢飞蛾扑火这一套，无论自己身上有多臭，也妄加用努力取得真心。

其实又有什么，现实是不平等的，感情也是不平等的，也许别人会很轻易得到你一辈子都在努力追求的东西，也许别人只用了一嘴甜言蜜语就追到了你煞费苦心，筹办这筹办那，为了她宁愿付出生命的人。那不是你对的人，亲爱的。

容易丢失的东西，有时候真的不必要对它太过在意，就算你照顾得再好，该失去时她照样不会理解你的心情。不易失去的东西，哪怕你每天对它趾高气扬，该出现时它也会准时出现。

要有一个度，往浅的层次讲就是——善待拥有，用心珍惜。

曾有一个很幼稚的想法，想到如果哪天自己真的要成家了，必要写一篇文章。当时感觉好笑，起什么名字呢！只是脑间的突然一过，就是它——《我努力拼搏了十年，才换来和你的同眠共枕》。

其实等待也是一种努力，你必要经历冷漠孤独，一个人的惆怅，还有独自一人面对的压力。这些到遇到你时，都成了自己成熟的财富。

我只是想告诉你，没必要在感情上卑微，当你害怕一个人会离开的时候，这黑夜不会为了你内心的执着流泪？

你会变得很好，或者用那种最美的心态，相信岁月会让你遇到对的人。

那天读了刘同一句话，深有体会。

当初写书最重要的原因不是为了奖，也不是为了稿费，而是希望自己能通过文字找到和自己一样的人——你并不是独自存在于这个世界之中。曾经持续的不明朗，现在看来似乎有所好转。没有一场相遇本身强壮到能使我们不惧别离，但总有一场重逢等在前方值得我们为之努力。

我们的重逢，抛开太多顾忌，就在前方，我知道，只有当我足够好才会遇见你。

可别忘了这一路的心碎，当初你的坚持也让你去承受，可面对别人在承受时，总是安慰他别这样，跟随世界生活吧！

身边总有过客,何必纠结太过匆匆

"老板"要去医院见习了。我开玩笑地对身边的人说,你看他拿着一块布擦玻璃,其实是想待会走时,默默地擦拭眼泪用的。同学笑,不语,我笑,也不语。

走的前一天晚上,我去他寝室,很正经地告诉他,走的时候喊我,我去送你。等我醒来,快到八点了。他好像是八点的车,省去洗漱,急忙问他室友,才知他还在下面车里,车还没开。顾不上那么多,穿了衣服就下去了,连头发也就稍微理了一下,凌乱不堪。

对了,他那个比较霸气的"老板"称呼还是我给他起的。说实在话,我一般不轻易给别人起外号,如果起了,保证流传甚广。这个在我高中的时候就有体现了。

我们三年的同学关系中,有两年还是室友关系。彼此也是知根知底。他脾气比我还暴躁,我们两个都是比较执拗的人,倔强得要死。一发起飙来,就像两头疯狗,谁也不让谁,当然从来没打过,我还是明白事理的,知道自己打不过他,所以从不在战术上输上一招半招的。只是如果哪天他得罪我了,我只是不去搭理他,或者对他一顿吵。

人生如果有遇到那么多可以和自己斗嘴的际遇,我想这也是一种享受,毕竟因为年轻,所以才显得那么冲动。

大一刚来的时候,我第一个到的寝室,然后就是"老板"。那天我一人在寝室惆怅,毕竟第一次到这么远的地方,难免会伤感一下。突然"老板"和他妈妈进来了,我还是比较听我爸的话,他叮嘱我见室友多说话。于是很自然地说了一句,"哦,你来了,我是丁帅。"现在想想,我当时真是客气,我怎么可以对他那么客气。

我们从陌生变得熟悉,从客气变得口不择言,时间带给我们的是一路走来最美好的记忆。所以,就像恋爱的终极,再次成为陌生人,得需要多少黑夜的洗礼。哦,长大了,真的局限不了某种思维。

对于大学里我的小日子,另一室友给了很完美的总结:早餐如果是两个油饼一根烤肠,说明富裕,一个油饼一根烤肠,说明资金匮乏,一个油饼,说明资金极度匮乏。好吧,我是个不善于理财的人,再说那些钱也不够理的。所以每每月末的时候,我总会跟"老板"借点钱,然后用兼职的钱还他。

就像他说的,他是寝室最大的债权国,我是最大的债务国。所以我一拍板子,大叫,"老板"我以后就抱你大腿了,肉那么多。

"老板"的称呼从此就开始了。一直到送他走,另一室友还说,"'老板',等你两个星期之后过来补考。"

"老板"对我最爱说的一句话就是,"你就占我便宜吧!"

怎么说呢,谁让他喜欢吃零食,谁让我没钱买零食呢!然后我会选择一个很明媚的午后,打开他的电脑,吃着他的零食,脚踩着他的垃圾桶,还对他喊,"'老板',你其他零食哪去了。"那头总会回了一句,"我锁起来了。"我只是默不作声,心想等你打开了再吃。

我和另外一个室友为他的事也是蛮操心的。大学都快三年了,他还没谈场恋爱。然后我们晚上夜谈会的时候,总会扯上一两个跟老板连上关系。你看吧,某某某今天还问你为什么这么男人呢,还有某某某真心很好,对你也不讨厌,你可以追她啊,还有,"老板",我都快羡慕你了,这么有范,咱班的妹子不得迷倒好几个。

他总是那句话,"我回家相亲。"哎,我和另一室友的心啊,真碎了一地。

大三的时候,有一天和"老板"聊天,他跟我说,他妈让他在学校谈恋爱,家里都着急了。我说也是啊,是该有了。只是这一走呢,又是无疾而终。看着一个车里,就两个男的和一群妹子,哎,还得冲着"老板"大喊,替我照顾好她们。天理何在。

这次过年在家也挺无聊的,每天除了写文就是打麻将,没空想其他的破事。有一天,看手机见有"老板"打来的未接电话,第一感觉就是他不会按错号码了吧，我在家可是从来没接到他电话的。不管怎么说我也回打了一个。

"干啥老板，打电话干啥。"

"怎么，没事就不能打电话了吗?"

"喔喔哦，何时回去?"

"回去还早，会见你的。"

"嗯，新年快乐。"

"好了，不说了，那就再见吧!"

在皖南校园，也很少和"老板"有电话联系，如果某天看到他的电话，上前第一句就是，说，什么事。然后身边的同学总是很惊异地看着我。

"老板"临走时，同学说，"要不我们等他走了再走吧，跟在后面，还能让他看看我们。"我只是一个劲地走，"没必要，我不喜欢送别人。还是回去吧。"

如果我的每个故事，都有一个归属，我会毫不犹豫地放在神圣这一栏。因为遇到时就是那么神圣，就让分开也变得神圣起来。可未知的谜底，到底还得一个人承受揭开前的期盼和着急。

只是因为,曾遇到最美的你

咦,我问身边的人,看前面那个学生,多么清纯。你怎么知道是学生? 因为清纯!

何为清纯? 大 P 曾告诉我说,清纯就是你看着没有一点邪欲,只想在她额头上吻一下,或者红着脸对她说句你好。

"你好! 你好! 你好!"看着大 P 一脸的沧桑,我对这句话提出了很大质疑,"你看你都不好,还努力希望着别人过好。自欺欺人吧! 欺骗你的老脸,让岁月再去划几道伤痕。"

大 P 只是笑,依然打着他的游戏。

直到大 P 把某人的照片全部藏在空间一个角落,把脚架在电脑桌上,不时地用脚趾指了指,对我说,"就是她,就是这张照片。"

大 P 是我到目前认识的最喜欢文字的朋友。他有一个很好听却也邪恶的笔名——浪人。

我发现人的个性在哪都能体现出来,大 P 就是这样。他小学五年级就喜欢过人,他说以后娶媳妇也得找个十八的。大致我给他算了一下年龄,照现在发展,他结婚也得有个八九年了。奔四的老男人了,果断不会忘记老牛吃嫩草这个哲学命题。

我懒得理他,送上一根烟,好了,睡觉,十八二十八都无所谓吧!

大 P 的爱情就像他自己说的,始于一张照片。那时候他像得了宝贝似的,偷偷让我看,那是多么清纯。确实好看,我也忍不住问,从哪得到的,你怎么可以找个这么好看的。他怒视我,大骂了我一顿。

大 P 逃课了,我倒不认为这是件大事,可一逃好几天,差点儿把我吓死。给他打电话,问他干啥呢,他说在见他女朋友。他怎么可以这么任性,男朋友在女人的眼里,基本都是后来的陌生人,别那么用心,摆好自己学生的位置。我第一次被人恶狠狠地挂了电话。

然后他给我发了一条信息——因为年轻，我还有机会见自己想见的人，不算为过。当爱情水到渠成，我不愿做那个睡着的人。

不愧是文字爱好者，说话都那么深奥。

回来之后我才知道，原来他和那女生是两情相悦那种。他说，那天一不小心见到了悲伤的她，一不小心发现因为她难受自己也难受，一不小心向她表白了，一不小心就在一起了。

好一个一不小心，这就是桃花运。可大P压根没听我说什么，只是对我说，不信你试试，这就叫遇到对的人。

我那时候没谈恋爱，只知道以学习为重，没事看看闲书，打打球，对恋爱一窍不通，也懒得弄明白。现在呢，似乎也能理解大P的做法了，我也逃过课去见自己想见的人，我也曾为了一个人，吃不好睡不好。这就是爱情的魔力，白与黑不过一个瞬间。

再次遇到大P是在回家的火车上，我问他，"近来可好，你那小女朋友好不好？"他莞尔一笑，"我现在很好，至于她，我和她分手了。"我不至于惊讶得像个小女生一样，但还是忍不住惊讶了一下。

怎么会这样，你们不是一直很好吗？我记得他跟我讲了她很多，他们是通过朋友认识的，然后聊了半年，彼此熟悉才在一起的。大P不顾一切地逃课见了她，然后他们每天都有绵绵对话，我为此还羡慕了他不少。我总说我学习成绩好，这是给自己积累厚度。现在想想，还是自欺欺人比较多。

我不想接着用悲伤的话题弥补我们的见面，只是和他聊聊我的大学生活，聊聊我和他一样任性地跑了很远去见一个人，也聊了我糟糕的成绩和不为人知的写书计划。

他只给我了一句话，挺好的，回到家一起吃个饭吧！

我安稳地坐在座位上，看着他坐在离我不远的地方。

和风的方向相比，我们总是左右不了树的摇摆。我只是记得，他没能考上大学，然后就没有然后了。

一下火车，我就发现他不见了。像突然失去了引擎，变得空虚，也无奈和黯然。

　　然后用笑脸迎着接我的家人，把蹩脚的普通话又换回了纯朴的方言。

　　到家了，一看手机，发现了一条短信。我不知道是谁的，自从大学以来我很少和别人联系，也很少有人知道我的手机号。

　　"你没有变，我也没变，我只是曾经遇到了她，在她最美时候，也在我最浮华的时候。我没考上大学，却怕孤独，别笑话我，因为我不想有人对我说，就是因为曾经谈恋爱才没机会上大学。我知道你不会这样看我，就像你还会对我说，没事，总有一天我们都会变得非常好。谢谢你，有时间一起吃饭吧！"

　　这是一场空降的执着，还是不为人知的邂逅？

　　这又触动了我的泪点。

　　是那时候，他不听课被班主任找去谈话；是那时候，他因违纪被记过处分；是那时候，他不再学习，偶尔写写文字让我看看。

　　我竟不知道去说什么，没有安慰和孤独，也没有励志和决心，只给他回了一句话。

　　"你真的太无聊了，怎么也得下车的时候等等我啊！"

喜欢一个人，会成为习惯

一

我习惯很多，比如抽烟，喝酒，打牌；比如吃东西从来不吃臭豆腐；比如下雨天就不喜欢打伞，雨大的时候不得不打，雨小的时候打死我也不打。

小赵跟我讲她也有一个习惯。我超级鄙视她，能有什么独特的习惯。她对我说，"喜欢一个人，会成为习惯。"

我看着她的脸，一句话都不想说。爱咋咋地，喜欢能当饭吃吗。

小赵给我讲她最好的朋友阿秀的故事。阿秀和我们一样都上大三，听说最近要考研。

我问小赵，阿秀是不是傻了，暗恋一个男生八年。

"那叫专情，也是习惯。"

我一点都不想有这习惯。

阿秀是阜阳人，人杰地灵的阜阳给江城培育了不少人才，也带动了太和板面在整个安徽的推广，说实话，以前上高中那会，我最爱吃的就是板面。

阿秀有一个喜欢的男生，喜欢了八年。就在几个月前，那个男生从美国回来，身边带着娇美的小女友。阿秀二话没说，打电话给小赵，大哭了一场。

喜欢一个人的感觉好奇妙，那年阿秀上初二，然后去借那个男生的东西，只是那个回眸的瞬间，用阿秀自己的话就是，突然被电到了。对！就是那种感觉，初恋的感觉。

那时候懵懵懂懂，喜欢也会当成爱，爱也不知其实就是变相的喜欢，只是曾在最美的时候遇见你。

阿秀是个积极乐观的女青年，嘴里大叫着，"喂喂喂，你知道吗，我和男神在同一个高中，好激动啊！"

小赵让我猜猜结果怎样。

我感觉这种事情司空见惯，心想，还用猜吗，结果肯定是没有结果了。可我真的不愿意那么说，即便我知道这是对故事的一种欺骗。

"他们高考之后在一起了吧！"

"倘若在一起，怎么可能会暗恋八年啊！你有没有用心听啊。"

听着小赵的责骂，我脑袋顿了一会儿。

高中毕业那年，阿秀找到小赵，问她该怎么办，表不表白。小赵说她也不知道。阿秀想了想还是表白吧，暗恋了那么多年也不容易。

表白就是明明白白地表达自己的想法，跟有没有结果没有任何关系。阿秀也成了高考之后表白浪潮的失败者之一，他们很多都是失败者，然后来到大学宁愿选择单身，也不违背所谓的专情。

大学第一年，那个男生准备去美国，阿秀听说之后，跟小赵打电话，说好在男生走的那个月去看他。等待时间就跟坐牢一样，尤其在神圣而又伟大的爱情面前，当你约一个人的时候，其实你从说的那一刻起，就想着要去立马见到他，这就是爱情的魔力，或者因为年轻，上帝赐予你小魔法。

当她们赶到男生所在的学校的时候，才知道早在几天前，他就去美国了。我们的爱情，我们的暗恋，我们的过往，我们的纠结，也许到了美国，都会终结。美国好像不是人们想得那么美，它多少带有些许失落。

阿秀大学一直没谈恋爱，不是没有追她的人，而是她在等着别人。

二

我给小赵打电话问她故事的结局。小赵在忙没顾上，等忙完了，回我电话说，结局就是，阿秀跟我说她准备放弃。小赵说也许这只能算一场美丽的梦，可如果把它当成习惯，是不是对生活太残忍，也对自己太残忍，毕竟是没有他的习惯。

　　我想了想说道，其实这样未必不好，也许当时喜欢的时候就只是因为他的一句话、一个动作、一次回眸，等真的在一起，未必会承受彼此的缺点，说不好，连最初暗恋的感觉也消失殆尽。

　　小赵也同意我的观点。

　　我突然想到了她和我的对话。

　　"喜欢会成为一种习惯的。"

　　"怎么可能，那样多不好，岁月会让人遇到更好的。"

　　"我相信，我也准备放弃自己的暗恋。"

　　我大致算了一下，乖，怎么说，也快八年了。

　　我在想那个阿秀是不是小赵，还是小赵本来就是阿秀，我不知道，可我不想她们是同一个人，因为那样对她多不好。

我们
都是有梦的孩子

我们
都是有梦的孩子

我不明白为什么睁开眼的时候，会有眼泪。记得她曾告诉我，每天一起来，眼泪就不自觉地流出。那是我对她的记忆。

我不明白梦想到底是个什么东西，从早到晚，我最害怕的是突然失去。或在活到最狂妄的时候，突然死去。

我不明白我用什么可以换来对未来的等待，自从进入大学，努力似乎对我有了偏见，把我抛在一边，连声音都显得那么仓促。

在乎别人的眼光，在乎自己的内心

不得不说，有时候我们记挂的仅仅是别人的一句玩笑，或是一句嘲笑。

我在电影院做兼职，将近半个月才和里面的人稍微熟了点。上班打招呼，下班说再见。

曹哥是我在里面认识的最特别的人。他的声音像小女生一样轻柔，有时候我在经理办公室，也会听到经理的小声议论，"小曹的声音真是特别，受不了了。"

我知道一个团队之间，是会有些说笑。虽然我一直认为自己只是在里面做兼职，假如某个厅下场不放电影，我会毫不保留地释放自己的喜悦。走近来看，我们都曾一样。

那天我最后一个影务，到晚 12 点下班。临走之前，曹哥找到我。我还跟他开玩笑，"还有十分钟我就下班了，这个厅的散场任务就交给你了，责任重大啊！"

他一本正经地求我说，"你别先走，待会这个厅散场之后再走可好？我不想给这个厅散场。"

我是个怪脾性的人，一件事不弄清楚，总会手忙脚乱。

"为什么你不想散场，难不成……"

"我不会在自己喜欢但她不喜欢的人面前出现，我怕尴尬。"

"里面有一个熟悉的陌生人。"见我不解，他解释，"就是不太说话但彼此很熟悉的陌生人。"见我还是不解，他也不加隐藏，"就是我同学，但做学生的时候很少说话的那种。"

我听了茅塞顿开，原谅我的不解，我只是不愿记下熟悉的陌生人。

曹哥见我没说话，问了我一句，假如你的同学来这里看电影，你会怎么办?

我一听来劲,前几天几个哥们才来看电影,说着就是又搂又抱的,搞得我都不好意思了。见曹哥来问,我说,他们上次来的时候,见了我跟亲哥似的,还好我良心发现,没被他们的激情降服。说完自己还咯咯笑了。

曹哥也回应地一笑,转而满脸的忧郁。

这是多久才会有的一次,我不知道,我只记得,从第一次见到曹哥,就被他的笑容打动了。那时候我刚上班,也就认识两个同学,其他都不认识。曹哥会老远就跟我打招呼,"嗨,上班了。"然后一笑而过。

我试着问他,"有同学来,为什么不好好招呼呢!也许你还可以给他买员工价的可乐和爆米花呢!"

他微微一笑说:"也许你现在还在学校体会不了那种感觉。你上学的时候做兼职,可以认为是很自豪的一件事。"

他说这句话的时候我很用心地听,我也很认同他这句话。在大学,做兼职最起码比闲着好,比只知道谈恋爱不学习好,比没有任何人生梦想好,比害怕辜负、害怕孤独好。

接着曹哥又说,你出学校你就会明白,当别人都有自己的工作,而自己只是在电影院当个影务,那种反差会很大的。

我似乎能明白那种反差,以及反差带来的那种内心弥补不了的伤害。就像在大学每每和同学开玩笑,"等以后我有钱了,别说我认识你,我也不会认识你!"虽然我知道这只是一句玩笑话;虽然我知道我不可能忘记身边的任何过客;虽然我知道我也许混不好,每天早出晚归,为了生活奔波。但细细品味,也许那时候自己功成名就,以前好的朋友再也不愿靠近;也许那时候自己奔波生活,再也不想靠近过得比自己好的同学。仅仅因为我们写给自己的故事,总不想有太多差距。

我对曹哥说,没事的,我们还很年轻,以后的生活谁又知道呢!好好努力就好。接着我问他之前学的什么专业,他说市场营销。我默不作声,兴许沉默才是对他最大的安慰。

那天那个厅的散场我并没有去做,我找了同样 12 点下班的同学来帮忙。

　　但我知道的是，曹哥在散场的时候，肯定没有在检票口。或许躲在某个角落，或许去干其他的事，或许躲起来看着同学离去，嘴里默默念着，"等着吧，我一定会努力。"

　　在乎别人的眼光，在乎自己的内心。哪怕有一场孤独的追赶，我们也不要从此凋零。就像对待岁月一样，好好珍惜，方能无悔。

　　本来就是这样，其实很多时候，别人的眼光没有那么犀利，只是我们的内心承受不了生活的孤独。不是吗？这就是努力。

假如心生平淡

我对自己叫嚷，遇到什么大喜大悲，让我变得如此依赖平淡。

平淡的生活如此美妙，美妙到我可以为之付出一切，我畅想美好的未来——有一家属于自己的面包店，有一个安稳的家，一颗懂自己的心。我如此情愿，把自己的喜悦全部泥泞于平淡，如此美好，却在半夜里这般顾虑。

太美的东西，注定要用一生交换，连同性格，命运，梦想。懂得把一朵花摘掉，然后轻吮花香，发现还有一种苦。其实谁人不知，赏花的宁静，简单到愈发固执。

自大学以来，不知多少文字从我笔下流过。少年的轻狂，不管佛道，只论倾心。喜欢把美妙的东西，缕缕变成文字，浑然不知，文字其实太过矫情。人生总该有矫情的去处，却不该为了矫情阻断信念。

是平常的心，给了我美好，给了我快乐。我收起曾经的执着、顽固，甚至古板，我愈发感觉人生的幸福在于追求，我甚至可以放弃自己偏爱的文字去追求爱情，放弃当初的梦想去拥有平淡。在生活里迷失，那叫孤独；在梦想里迷失，实在残忍。

这些我都懂，只是一只脚行于平淡，整个身躯飘飘欲仙。这仙气般的行头，多少令人委曲求全。佛祖的平常心似乎放到这里最好，平平淡淡为真，安安稳稳是福。

人生如此在意幸福，注定幸福来得快，去得也快。有时候突然想起一件久违的事，好想用激情燃烧生命，再者做那只涅槃的火凤凰。

生死容易，生死场难，心的映衬，比黄金还重。且前世作威作福，假公济私，今生当求安稳，抑或雄才大略，经天纬地，来世再创辉煌。心中藏有大海，哪怕江鱼也要退却三分，高松林立，巍峨庐山。

人啊，是心的俘虏；心啊，是安逸的奴隶。有敢言要坐天下，谁人不知，我本王侯将相种，生入寻常百姓家。

因为有梦想，所以才会如此忧伤

前段时间因为写文章的原因，在网上搜了两个文学群，然后添加了几个好友，准备共同探讨文字的秘密。

突然 QQ 响了。

"喂，你是谁？"

"文字爱好者。"

"为什么加我？"

"因为你在一个文学群。"

"可我不会写文章，一点都不会。"

"哦？那可以多看书。"

"我现在就在看书，找不到好看的。"

"多看点就能找到了。"

然后她发来一串句点。

我不知道文字爱好者是不是都那么仓促犀利，语言总是刨根问底。

"你知道我很不高兴吗？"

我有些诧异，回道："你怎么了？"

"我没怎么，就是不高兴。"

我心里暗想，小女生都这样，无缘无故有点小心情，睡一觉就好。

"你能帮我个忙吗？"

这次我更加惊讶，"那，好吧，看看我能不能帮上。"

"你是安徽人？"

"对，安徽宿州人。"

"啊！太好了，嵇康也在那里，真是太好了。"

对于自己不懂就查的毛病，到底是改不了的，她刚说完，我就在百度上搜索了嵇康。

"我刚刚百度了一下，嵇康是在亳州的涡阳啊！不在宿州。"

她发来一个糗大了的表情，"难道我搞错了？"

"你很喜欢嵇康？"我尝试着去问。

"嗯，每次提到他我的心都碎了，尤其看书看到他死的时候，大叫一声'《广陵散》于今绝矣'，我感觉自己从没有过这样的悲痛，心里说不出的伤心难过。"

我似乎找到了自己的影子，我曾因为别人的一篇文章抽了十根烟，因为自己的梦想，从百度上搜了很多北大的图片，可是那里没有我，我只在皖南的一个小城市上学，并且成绩非常不好。

"你的心情我能理解，这种感觉我也曾有过。"

"嵇康就是我的梦想，"她说，"我因为他和家人吵架，家人不让我去看他的坟墓，我也因为他有一种精神寄托。你能帮我个忙吗？"

在一阵聊天之中，我似乎对那头的她没有了距离感，却又感觉如此之远。

"你说吧！"

"帮我去看看嵇康，我现在在上学，去不了。"

我丝毫没有任何惊讶，并且表现得极其淡然。

"我可以去帮你，亳州离宿州不远，不过我国庆节才可以去，因为那时候我刚好有钱有时间。"

"你是个好人。"我听着她的夸奖，局促不安。她不知道的是，我也有许多梦想；她不知道的是，我也时常为自己实现不了的事情而黯黯感伤。

国庆节之后，我把图片发给她。

那头的她很高兴，"谢谢，谢谢，谢谢……"

"不用谢，这样对我们都很好！我完成你的梦想，自己也可以去远行。"

"嗯，不过还是非常谢谢你，你是个好人。"

对，我是个好人，我是不是也应该去找一个人，问问他是不是在北京，替我去北大大哭一场呢！或许应该这样。

带着 22 岁的年纪

喜欢榆树裹有束束白雪,喜欢北风刺在身上的温度,喜欢生活不经意留给自己的瞬间,喜欢这个年龄——22 岁,可以梦想,可以徘徊,可以带上年轻寻找岁月的痕迹。

—

记得刚上初中,我就盼望着长大,但从没想过长到 22 岁。早早晚晚,跟日子约好似的,哭闹着想家,每天都要给家里打电话。那时候,我常想等我长大了,就可以一直待在家里了。

我时常不吃饭,去挤个商店能被挤成肉饼。

看着攒动的人群,突发奇想,按"头"来算,"一头,两头,三头,……"等数到我,就是一"个"了。

那时候寄宿,奶奶也会来看我,她给我送来好多熟鸡蛋,我就到教室分给同学吃。有时候分完了,同学就分其他东西给我吃。春天时候,日子是凄清的,也是欢愉的。

常常埋着头睡觉,想为什么生命如此脆弱。初三那年,汶川地震,我和同学都哭了。跑了好远买了本《意林》,背着开篇关于地震的那首诗——《时间停转》。

"孩子,

快抓紧妈妈的手,

去天堂的路太黑了,

妈妈怕你碰了头

……

没有任何原因，我就是喜欢写写小诗或歌词。我唱着自己谱的曲，自己填的词，室友让我教他们来唱，我唱着唱着就忘了调子，连歌词也顺带遗失。

在城西上学到城东，再从城东走到城西，沿着铁道，走着回家，即便累得满头大汗，也依然坚持。

那时候不知道梦想是什么。

在学校医务处，我碰到班主任，他问我怎么回事，我说就是有点头痛。宿舍里，熄灯之后，借着厕所的光阅读功课。他们都这样，我也这样。

余光起初是一种黯淡，接着是看清文字的光线，再接着便是黑夜里的光明。

二

背着包，告别家乡，爸爸送我上大学。第一次坐火车；第一次知道原来大学并不一定是一个很大的地方；第一次为了心中所想，急着要去实现。

曾有很长时间，我不承认自己喜欢文字，我把全部的日记烧掉，随口说脏话，只为了摆脱情感的束缚。

一个人太少，两个人太多，这就是生活。整整四年，我为了这句话冥思苦想，到底是对还是错，同学好多说是对的，就像羽毛，灰色的总是让人不容置疑地相信，它是最丑陋的。

总该有个结果，可问题是有些事注定只有开头，没有结尾。

从校园移了一颗树苗，种在宿舍的垃圾桶里。我赋予它新的生命，没有名字，却有我的祝福。它枯死的那天，夜淅沥着雨，我不过只是它的过路人。

梦真重，像沾满雨滴的树叶。因为喜欢看书，到图书馆大看野史；也跟小女生谈恋爱，找小女生告白，说着"执子之手，与子偕老"的誓言；用五音不全的嗓门，唱着刘德华的《冰雨》；听着别人对我文笔的赞美，然后笑笑，局促不安。

遗存的小本子里，记着同学送给我的一句话，"有时候你没有得到你想要的，不是因为你不配，而是你应该得到更好的。"

我一直感觉，我的更好应是阳光明媚时候，品杯香茗，带着长大的年纪，想着未来的梦。

我突然对一句诗感兴趣，"纸上得来终觉浅，绝知此事要躬行"。躬行之事，满是严肃完美，不敢有丁点儿的差错。

我在记事本里，记了一大串或大或小的梦想，也在记事本里真切地为自己写了一句话。

突发的想念，是一种嫉妒，而这种嫉妒，却由无数的自卑组成。所以，不必要想念，也不必记住别人的温度，你所需要的仅仅是追求下一刻的幸福。

三

22岁，真好。

松松退学的时候，我带着22岁的年纪，郑重告诉他，不上学更应该努力。

看不得小妹一声哭喊，有个22岁的大哥，我用心给她无尽的祝福。

我困惑别人在我这个年纪的成就，甚至是一种羡慕，一种自嘲。可想通了却发现，其实我一直在为自己前进。

黑夜里，我们总会充当寂寞的信徒，以为再也没有光明。邂逅如初恋，点点滴滴，不尽相同。

　　我写文章，简单到一串串都是自己的胡思乱想。夜色温柔，孤独的人生，注定等待彼此依靠。用 22 岁证明，我可以失去任何东西，但不能失去信念。

　　既然选择离开，背着包，不留一片云彩。这会是梦想的孤独吗？

　　已然决定读书，带着春天的鸟语花香，行于路上。既然路上的风景正好，也该为此欢愉掌声。

　　踏着青草生活，寻觅阳光数落。我带着 22 岁的年纪，带着自己的一份祝福，带着黎明温柔的梦乡去远方。

如果十辈子换来一句话,愿倾尽我所有

大二了,同学们尽量在异性面前保持绅士的作风,而你不是。大二了,同学们似乎认识到了学习的重要性,他们一个劲地看书学习,而你也不是。你总会发现,自己独立于他们,这独立在任何人看来,都是一种玩世不恭,落拓不羁。你发现你的脾气小了,别人可以把你的糗事随便去说,可以把你的糗照随意拿给别人看,你只是在一旁笑着,笑得似乎比他们还开心。

大学已经过了太久了,你拿出发霉的身躯,呆站在太阳下,杀杀霉味。你的身体早已不能由你来控制,依稀记得,起床的第一件事是拿手机,一天的最后一件事是放下手机,和别人一样,你不再是那个敢为人先的自己了。你把每件事往后拖,拖到交作业也是最后一个,拖到同学看不习惯,说你只是个空谈主义者,可说就说吧,为什么要拿你跟别人去比。他可能不知道,你的过去就是因为比得太多而变得平淡无奇。你承认你说这句话是毫不负责的,因为过去应是你最充实的时光。

大一刚来的时候,你和他们一样,励志要在医学领域学海泛舟。你不知道你为什么会蜕变,从一个内心充满梦想之人到而今的玩世不恭,好像老天在给你开个大大的玩笑,直到让你彻底明白,你什么都不是,你所想的所做的在别人看来,仅仅是粪土,你哪怕看再多书,没有成就,你都是一个失败者。别忘了,你把你英语的失败,复制到了你的整个前半生。

你总爱活在自己的世界,你会因为一句话而眼睛湿润,会因为别人的一个批评忧郁半天,问题到底出在哪?时光荏苒,到底人生的哪一个拐点出了错误。这是问题的所在吗?你可知道环境没有改变,你也没有改变,唯一改变的是你们共同没有改变。多么可怕的一件事,你想两个都不曾改变的存在，跟没有存在有什么区别。

大学了，你很幸运可以和你喜欢的女孩子在同一所学校。但你又是那么不幸，你不光喜欢一个女孩子，你开玩笑地跟别人说，每个你喜欢的女生，你都感觉那么用心。我明白，我理解，可你不会理解，他人不会理解，陌生人又何曾去理解呢？

大学了，总会一路走着，一路感悟，一路成熟。

只是这所谓的成熟，又会是怎样的亵渎呢？给"团长"打电话，你说她好啰嗦，还那么不靠谱，然后世界一片颠倒。给爸爸打电话，你说你有钱吃饭，其实你已经没有了，你说你连大学都考上了，还拿不了毕业证吗？然后，爸爸摇头叹气。给肖肖打电话，他因为失恋变得小心翼翼，你说哥们咋啦，谁不失恋几次，你说我的大学一定不会安分的，一定要把生活搅得天翻地覆。我在一旁微笑不言。

这些都已经过去了，离开得那么遥远。此刻的你，呆坐在教室，没有老师的允许，不敢出入。你把喜欢文字当做借口，埋头书写阵阵青春。只是，这青春会因为迷茫而销声匿迹吗？都已经成人了，大二了。

大二了，是该想想怎么做了。看书，吃饭，睡觉，是一种活法。虽然生活是随心而走，但此刻又怎能偏离正途呢！所有的存在终于在一次风暴之后，变得平淡无奇。

大二了，是该自己单独背包旅行了。不需要金钱，不需要同伴。

大二了，是该有所追求了。那个青春迷茫的年轻人，请你站起来，告诉自己，梦想从未离弃，一个有梦想的人，他可以颠覆整个世界。那个整天忧思的年轻人，看看太阳吧，晒晒身上的污浊，让阳光回归自我。生活如此美好，何必烦恼，微笑会让这个世界变得更加美妙！

大二了，是该放下所谓的感情了。得，你命；失，亦是你命。何必要把感情想得如此复杂，别人不喜欢是他们的权力，你喜欢是你的内心想法。拿别人的不喜欢来作践自己，不是太傻而是太无知。放手何尝不好，给内心一个美的念想，或许比任何都来得自然。

大二了，是该学着成熟了。哪怕只是伪装，也要给自己一个保护。那些幼稚的人生，再也不是笑笑就能找到的了。唯有的是依靠自己，行在路上,奔跑在旅途,得而不喜,失而不泣,处变不惊,笑看生活。

大二了,也就别去在意别人怎么看了。你已经没有了大一那种认识新同学的冲动,也没有了高中那懵懂的痴情,还在意别人怎么说干啥。微笑着,思考着,就过去了。若有用,去听;若无用,听听就又去了。人这一辈子,最大的失败就是向别人展示自己不是生活中的那副德行。既然有你存在,就有你存在的价值,所以,睡前别忘了提醒自己,我们都被这个世界温柔地爱着。

大二了,谢谢那些带给你伤的孩子吧!如果不是他们,也许你永远都只是停留在长不大的阶段。不管怎样,失去未尝不是一件好事。

大二了,你的大二是该学会很多东西了。

大二了,是该和生活与理想接轨了。

如果十辈子换来一句话,愿倾尽我所有。

谁的青春不迷茫，只因未到伤时偏自伤

一

悻悻长夜一晃而过，贪图安静的我，却义无反顾地享受早起鸟儿的歌鸣。

我不明白为什么睁开眼的时候，会有眼泪。记得她曾告诉我，每天一起来，眼泪就不自觉地流出。那是我对她的记忆。

我不明白梦想到底是个什么东西，从早到晚，我最害怕的是突然失去。或在活到最狂妄的时候，突然死去。

我不明白我用什么可以换来对未来的等待，自从进了大学，努力似乎对我有了偏见，把我抛在一边，连声音都显得那么仓促。

所以，我走在青春迷茫的路上，一个人学会了坚强，但又那么不坚强。

我读刘同的《谁的青春不迷茫》，把自己弄得满眼模糊，他的失恋，他的挣扎，他为梦想的奋斗，他对生活的歇斯底里，似乎都能找到自己的影子。

那时候我读着别人的故事，笑着自己的青春。我也有个秘密——可以在《意林》上发表一篇文章。

埋藏在心底的，或生根发芽，或被水淹没而死。

我不愿意把任何人都记在心里，可有时候也会想，谁是那个可以陪我去北大大哭一场的人。坐在未名湖边的石凳上，你看着我哭，像个孩子，又像是宣扬自己的英雄梦想。

未名湖痴情未了，博雅塔苍茫驻足，我在一旁看着，想着自己那场马拉松似的追逐，愿此生安慰。

或许这就是执着的自伤。

只是谁的青春不迷茫，迷茫中找到自己才是对自己最大的宽慰。

有时候和朋友聊天，谈到成功，他说，成功就是追求到自己喜欢的人，喜欢的生活。觉得他说的是，我一直以来都在为喜欢执着。

可是生活就是追求我喜欢，自然会让人心生倦意。喜欢一个人去追求，发现其实只是自己喜欢。为了自己的心想着与众不同，其实那只是一种不甘的执着。因自己心思不佳急着去逃课，回来的路上又因自己的冲动而感到后悔。

或许种种注定是青春的印迹，它让你迷茫之后愈加成熟。

所以迷茫又有什么，又有什么过不去，人只有经过最颓废的时候，才会更加珍惜以后，善待未来。

二

行走在路上不免有些恐慌。青春的年纪像一枚印章，注定四处张扬。

我喜欢陈奕迅的歌，他的歌有一种狂妄，但更多是内心的挣扎。

"你就当我是浮夸吧，夸张只因为我很怕。"

在青春的路上，我有时候也怕得要命。

因自己做错了事而变得小心翼翼，因不够成熟，总是感觉长不大，因一面之缘，却不能洒脱忘记。

我曾有一段时间，特别羡慕室友可以很晚睡觉，我却因为感情问题，郁郁寡欢。

等感情去了，我才发现谁离开谁都能活。这宇宙中的感情，只有两个归宿，一个从有到无，另一个就是从无到有。

经历过感情的我，注定会有孤单。有时候我就问自己，为什么要去选择孤单？

两个人在一起是有缘，两个人分开了是缘尽，两个人没在一起是无缘。在有缘无缘的世界里，我们只是菩提座下的莲花，不要把自己看得那么重，也不要把别人看得太重。

如果有宿命，让上天解决。

在未来的路上又有什么需要恐慌的呢？

就算梦想实现不了，毕竟也曾是个执着的追梦人，并将这执着当成生活的历练。并不是得到了或失去了，才能说明是否快乐，给自己的心一次宽慰，不许哭，不许难过，一切都是那么美好，放开怀抱去追求。

去走走，看看世界是不是那么美好。

三

生活该是多么美好！

一个人免不了孤单，其实一个人也不是不好。

我在高中三年里，都是在校外租房住，一个人吃饭，一个人学习，一个人洗衣服，一个人看着春逢了夏，秋到了冬。

在这个年纪，对生活还很懵懂，不可能像智者那样，人到无求，事能知足；也不会像小孩子那样，天真烂漫，无忧无虑。

我们要去适应自己的内心，甚至说，去给自己不去孤单的理由。

其实，理由是根本找不到的，这个年纪注定要有一场孤单的旅行。

既然改变不了孤单，那我们就让自己忙起来，忘记孤单。

四

是要在经历之后，才会明白当初应对困难时的幼稚。

我想起高考前一个月，物理没考好，躲在操场上，看天空的小鸟飞过。

小鸟虽小，但它玩的却是整个天空。

我想起为了高考，挑灯夜战，只是每次考试都是排名靠后。当时作为英语课代表的我，深感对不起大家。想想看，别人都起带头作用，我简直就是给班级拉分。

高考过后，面对颇差的成绩，却总习惯性地强颜欢笑。

其实现在想想又有什么，当一切注定的时候，何必还要挣扎自己的内心呢！注定的已经过去，只是我们现在面对的却需要努力追求。

当我背着《你凭什么上北大》的时候，我才发现自己在努力面前做得多么不够。

当拼搏被拼命所取代时，你才会真正发现努力的样子。

现在不努力更待何时。

青春因为努力而变得精彩。

当青春十年逝去，回头过往，我们需要的是感谢，而不是遗憾。

其实人总能够预测未来，未来的生活不就是现在所做的积淀吗！

一个人活着，就要活出生活的精彩，而不能把生活仅仅当成故事。

我想这青春的迷途，在所有努力看起来，真的会是云轻雾淡。

我喜欢的是拼搏的自己，就像向日葵，温暖向阳。

谁的青春不迷茫，做自己，不自伤。

因为年轻，所以学会孤单

一

第一次骑单车行两百多里路，把我累得要死。从早上七点到下午六点，一直在车上。我经过了许多村庄，遇到了许多人，问了许多路，流下了许多汗水。

我奶奶不让我去，说路上不安全。我回来的时候，她笑了，我也在笑。

这是我多少年来的一个梦想，年轻就爱做梦，遗留的小本子中，赫然记着，在多少岁之前完成哪些梦想。这本来就是迟到的成功。

我不认为写在小本子里的事情都能实现。年轻免不了一场孤单的旅行。在路上遇到一些人，然后和他们告别，不留任何痕迹。在路上，知道了一些不舍，却故作自在地微笑离别。

我问路上阿姨往某地的路该怎么走，阿姨很耐心地为我指路，还要带我去路口。我嘴里满是"谢谢"，心中像吃了蜜一样甜。跟着她的脚步，阿姨对我说，"别谢来谢去的，谁没有出门的时候。"也就是这一句话让我记到现在，因为我们每个人都有出远门的时候，也因为我们每个人都会在某天某个时辰，见到某个陌生人，问一下路，然后一句谢谢，不会再见，却永远记得说话的情形。

他不是陌生人，而是心中的一丝孤单。

二

我喜欢听刘德华的歌，从早到晚地听。有时候坐在桌旁一遍又一遍地听着，听到睡着为止。

就像歌词里一样，"在我年少的时候，身边的人说不可以流泪，在我成熟了以后，对镜子说我不可以后悔，在一个范围不停地徘徊，心在生命线上不断地轮回，人在日日夜夜撑着面具睡，我心力交瘁。"

我喜欢这种旋律，或者说这种生活的记忆。

六年前，我在家人的期许下，走进了我梦寐以求的高中。因为学校管理相比初中松弛许多，每次吃饭都跑到食堂去看电影。我记得很清楚，好多都是僵尸片。林正英的，我最喜欢。和同学一起跑到学校外面去吃饭，去看电影，也是僵尸片，一群人围着，简直飘飘然。

三年前，我高考复读时认识了一群同学，常在外面吃饭后去看球赛，我有时候也跟着去，但我不喜欢看喜欢打。暴晒的午后，一句"走，打球去"，便纠集了七八个小伙伴，在隔壁某局里，洒脱地打球。有时候，也和同学组个队去吃地锅鸡，两人，一人十五块钱。然后吃到晚上的一顿饭也省下了。

自来到大学，我的世界空虚了。

曾和室友聊天，说为什么以后走得最亲近的都是大学同学。思考了很长时间，才发现，原来是我们认识太早，注定会是一场有始无终的相逢。

三

我在高考复读那会儿压力也是蛮大的。

一个人住在外面，走黑路，倒一点没怕过。晚自习十点下课，我们总是等到十点半，做最后一个关灯的人。有时候去打球，黑灯瞎火地乱投，投过之后，老远问别人进了没有。和前排的好朋友发生矛盾，我以为可以劝解，结果无功而返。说着同学之间的冷笑话，如他喜欢你已经很久了，你们在一起吧！我就可以少一份份子钱。

虽然有时候有些累，但总有一个梦想支撑着自己——考大学。

四

我不知道什么时候学会了写文章。高中期间，我很少去写大段的文字，有的是那种无聊的小诗。

因为初中背了许多诗词的缘故，总会一不小心蹦出来。我从没感觉一个人说话是怎么怎么地伪装，有的是信手拈来，你却不曾理解。

其实文笔是随时间沉淀下来的。

曾和一位文字爱好者聊天，他说即使你现在认为你的文章写得多么好，但随时间沉淀、年龄增加，你就会发现，你曾经的文章写得那么一般般。这句话我感同身受，所以高中一毕业，我收拾自己的小本子，把那些不像样的文字全部焚于火中。

大学期间，我又写了许多文字，美其名曰，出书。其实我知道每写完一篇文章，是对自己内心的呵护。看惯了离别，看清了邂逅，看懂了陌路，看湿了情书。一个人只有在学会云轻雾淡的时候，才能懂得自己想要什么，懂得什么是不值得去做的。

也是因为年轻，我们才能承受这样的孤独。

五

我也会埋怨生活里的自己，做事有点拖拉，早晨不能很早起床，暑假计划真心没有实现几个，连自己偏爱的文字，也只是躺在床上来完成。我常想，如果没有手机，哪有我的所谓静下心来写文章。

曾读了一句话，"昨天的你决定今天的你，今天的你决定明天的你。"在懂得之后，才想着改变，还好我还年轻。

也因为过早懂得，才会有孤独的路要走。

于是，我们松开了谁的手。

于是，我们为了赚钱心思凝重。

于是，我们选择不去在乎，因为爱得不够。

于是，在某一天的一个上午，端坐在咖啡厅里，看着路人忙碌。

我家小妹大早上喊着大哥哥，但我还在熟睡，原来我奶奶下去做饭了，她也是害怕孤独一个人。

六

所要决定的就是一场不为人知的邂逅。

那时候我宁愿用孩子的眼光看待这个世界。用岁月峥嵘来形容对未来的执着。

心若美,这个世界就美。

再没有所谓的一天吃许多次饭,也没有梦里花落知多少时,目光的短浅。

我要去写一本书,上面没有名字,就像我书写嫉妒时的那种快感。

嫉妒来的时候,我全力伪装,不让人发现,我那么羡慕一份安稳的爱情。我从早盼到晚,希望执着的勇气可以增加被爱的砝码。有一天,我失去了爱她的希望,从此变得郁郁寡欢。

因为年轻,所以学会孤单。

可我只是一个不爱放弃的傻瓜,爱做美梦的憨货。

这一点,与年轻很像。

那一年，我们一起长到 23 岁

1 岁那年，父母把我们抱在一起。你看你家的孩子长那么高了，都能叫妈妈了。你看你家的孩子长那么胖，衣服都不能穿了。你看你家孩子又调皮了。

3 岁那年，父母让我们一起玩。我们一起哭，一起笑，一起闹。

10 岁那年，我们在隔壁村庄的小学里，同一个班，他是纪律委员，你当小兵，我也当小兵。我们会一起写作业，然后在桃园里玩猜拳游戏。

12 岁那年，我们该上初中了。我被家里送到城里上学，而你们有的也去城里上学，有的在乡里的初中，有的选择了退学。

20 岁那年，我背着包前往大学追梦。你们都没在家，不是吗？你在四川打工，你在江苏打工，你在合肥上学，你在……

23 岁那年，我上大三。然后看着你们一直在线的 QQ，一直隐匿的动态，一直不愿说的迷茫。你还好吗？我还好。你呢？都好。其实事实谁又能知道。

小善是我从小玩到大的哥们，如果按辈分，他管我叫叔。当然从小玩到大，根本没有辈分这个概念。对于小善，我小的时候对他很敬佩，能打架能玩，长得又高又壮，那时候没有帅的概念，不然他肯定是我心中的帅哥。

我们从小一起玩，干了许多破事。去偷人家的杏，正说着杏有多好吃的时候，恰巧被除草的杏树主人听到，对我们一阵大骂，我们一群人顿时蹿得无影无踪。在野地里，几个人买了许多啤酒，喝得很是带劲。

如果要按那时候好孩子的评判标准，我在他们一群里，算是比较听话的孩子。他们一起去河里洗澡，去偷人家的西瓜，邀一群人去隔壁村打架，在乡下初中叱咤风云，这些我都没参与。我 12 岁那年去城里上学,一直上到大学。我20岁那年坐上火车,去皖南上大学,一直到现在。

小善在城里上学的时候,成绩很不好。不过因为年龄比较大,他做了班长。每次我放假回家,总会找他玩。然后他很郑重地问我怎样才能把学习搞好,怎样才能考上大学。因为和我年龄相仿的伙伴颇多,所以家人总是比来比去。我知道他问这些话,属于没心没肺那种,我只能说尽力就好了。

到底小善没有考上大学,也不是没考上,他是没能熬到高三。我很惊讶地问他,为什么学了这么多年突然选择了放弃。他笑着回答,没办法啊,我的年纪也不小了。我听着也没说什么。我和他一般大,那时候我起早贪黑地努力考大学,把梦中的大学看得比亲妈还亲。但有时候一个人静下来总会想,到底什么时候才能给家里分担负担。我承认我是个贫苦的孩子,但人穷志不穷。

从小玩到大,我对小善是非常了解的。做事不算认真,但有一颗努力上进的心。长得不算帅气,但对人很真。不会油腔滑调,也不会谄媚逢迎。走自己的路,让别人说去吧。

小善退学之后就跟着家人出去了,具体干什么我也不知道。有时候村里人也会议论,说他不好好打工,非得搞什么生意,赔了许多钱。我在一旁听着,竟是心痛。

我记得那时候我们一起谈人生和理想,总会说上一句,任何事情只要你愿意做总会好的,自己努力就好。那时候,我们一起谈爱情。我把自己暗恋四年的女生说给他听,他把自己喜欢的小妹告诉我,那是他认的干妹,可喜欢总会无缘无故地悄然靠近,最后却是因为时间慢慢疏远。那时候我们一起抽烟喝酒,我不胜酒力,喝了三瓶,他们一起喝了好几打啤酒,醉得不行。

他在外有几年没回家,我那时候学业重,也没心思顾及这些。只是放假的时候,我会老远地冲着他奶奶问,"小善可回家了。"他奶奶会说,"没有,我都不知道他在哪。"

似乎家人总会有这样一种感觉,成绩好就能好过一切。我以前去他家里,总会听到他爷爷吵他,"你看看人家阿帅都快上大学了。你呢,在家成天没事干,不争气啊!"小善只是笑笑,拉我出去玩,然后递上一根烟,一起抽烟。

不要把对人生的理解看得太重,我宁愿选择凝重的瞬间,希望待我们羽翼丰满时,可以直奔蓝天。

小善消失几年又回到了家里。我很高兴,找他去玩。他一点没变,可能在我心里,他再怎么变,也逃不出童年的记忆。

我在上完大一的暑期里,听人说他在家修高铁,开挖机。我也有幸成为修高铁的一份子,每天干十二个小时活,皮肤晒得好黑,肌肉都练出来了。没事的时候我去找他玩,听他说开挖机的趣事,也听他讲以前走南闯北的经历。他也问我大学怎么样,我很直接地告诉他,我在学校成天看闲书,谈恋爱,逃课,上网,就是不学习。我说我不喜欢就这样过自己的生活,我想要创业。

似乎他对创业是极感兴趣的。我们商量好一起来我所在大学的这座城市闯闯。一直折腾将近一个月,我看实在不行,告诉他不行的话你还是回去吧,我怕你跟着我过不好。他笑了笑,说在这里学到了不少东西。就像他说的,大学同学是不是都那么冷淡,好事一起来干,坏事却对你不闻不问。我笑了,可能是这样的吧!

我们认识二十二年了,我和他们才认识几年,就算全世界都把我抛弃,最起码我知道你不会,就像我嘴里想去骂你一样,可自己的心中也是疼痛的。

那时候我和他一起来到长江边,对着江水大声吼叫。坐在长江大堤上,思绪总会飘得很远。我们都还年轻,不是吗?所以不管以后怎么样,我们是可以成为彼此的后盾的。倘若有一天,你的孤独,你的梦想,被别人唾弃,我相信我是可以理解那种伤痛的。

小善回去的时候,我去火车站送他。一路上总是带着微笑,我问他准备去哪?他说他回常州找他表哥。我觉得这样也挺好。一阵沉闷之后,我还是对他说,这次只能算是经历,如果以后我有能力了,我一定希望你能够来帮我。他笑了笑,说还是那句话,以后我们可以一起去闯,因为我可以理解你的努力。

是的，我们都曾为青春努力过，但疼痛的只会是自己。

离火车开动还有一点时间。我问他可要进站，他说等一会吧！然后我们一起坐在石阶上抽着烟。他会突然对我笑着说一句，芜湖，虽然火车站破了点，但我曾来过。嗯，是的，你曾来过。下次来的时候，我带你去玩，我们一直都在忙，也没抽时间玩玩。他笑，不语。

小善坐火车走了，我一个人坐公交车回学校，中途下了车，那叫孤独。

我在上个国庆节，遇到了另一个小伙伴。谈及小善的时候，他会很不屑地说上一句，他啊，他在常州帮他表哥洗车，末尾还会加上一句，唉，真是不争气啊！我听着只是笑笑。我不知道他争不争气，但我知道，人这一辈子，有的人为生活忙碌，有的人为梦想奔波。到底谁不争气，谁又能知道。

正如小善自己说的，常州、青岛、北京、绵阳、上海、徐州、芜湖，他一直在探索中……

其实我们离梦想最近的地方，不是得到了，而是似曾得到的瞬间，那叫过程。

我在皖南有的时候也略感孤苦。23 岁，青春的年岁，梦想着有朝一日可以得到心中所想。

朋友说我，你怎么会没谈恋爱。我笑着回答，别人都以为我不可能没谈恋爱，所以就没考虑我了。朋友对我说，你的文字和你不一样。是的，现实的我会有一点小心情，而文字里的我会安慰着自己的小心情。朋友对我说，你唯一改变的就是，以前从不掩饰自己的不快，现在学会了伪装。我笑笑说，错了，我没有伪装，我只是为梦想在快乐，我已经长大了，不是吗？朋友对我说，你知道我为什么离开你吗？我无语。她说因为我太放不下我们这段感情了。是这样的，感情难道不是一场英雄梦想吗？我妹会对我说，我可以遇到更好的人，她说她相信物以类聚，人以群分。我听着她看似夸奖的话，感觉荒谬。不对，也许是因为我身边的人太过匆忙。

晚上也会为了写文章，折腾到一两点才睡。为了一点小成就，暗暗自喜。

一个发小给我发来一首歌，我回说很好听。她说我就知道你还没睡，这是我专门为你找的。我听了感动得不行。我说我能感觉到你心情的不好，怎么了？她说，一直忙碌于工作，很闷，想找个很远的地方出去看看。她问我为什么能感应得到。嘿嘿，因为我们 23 岁，青春期的末尾，总会有些迷茫。可我没说的是，你说话的语气变了，变得缓慢了，那么沧桑。

23 岁的我们还在为自己努力，我们一起长到 23 岁不容易。

可亲爱的，我想对你说，在追求梦想的路上，我们都是孤独的，别人的不理解，自己的不努力，未来的迷茫，现在的安逸。有没有一首歌的距离，可以宽慰我们自己。嗯，再见青春。

你还会走在你的路上，我还会半夜爬起来写着你们的故事，那曾经叫迷茫，现在归述为梦想，或许本该是这个模样。

为梦想，做一场歇斯底里的努力

每个学校都有那么一处或几处留言墙，上面记满了所到之人的名字、誓言、日期、孤独，也记满了努力的决心、生活的迷茫、爱情的美好或是失望。

我在 18 岁那年，才上高二，年纪比别人略大，但心态很是淡然。成天看书、写作业，有时候实在没事，就去打篮球，也一个人拿着一本书，然后去找个僻静处看书。当然不会像现在这样，取一本闲书来看，那时候看得最多的就是生物。到现在我都在纳闷一件事，为什么我高考理综生物考得那么差，简直匪夷所思。

像那种僻静处，鲜有人至。时间久了，你就会发现到过的人越来越多。越来越多的人明白，我们的梦想无法跟别人去说，越来越多的人明白，在一个鲜有人至的地方，留下自己青春的印迹，哪怕最后没有成功，也会安慰自己曾经的感动。有时候，仅仅是有时候，不管成绩好的你，还是成绩不好的你，都会选择独处一会儿，享受孤独。

我那时候也会享受这样的孤独。教学楼通往天台的楼梯道间，一个人拿两本书，一本屁股坐着，一本双手捧着。在楼梯道一旁的墙上，布满了密密麻麻的文字。那时候我没有闲书来看，那上面的字便是我对孤独的理解。

你的生活会怎样？今天的你为什么不去努力？

我要考浙大！

某某，我好喜欢你。

我会努力的，为了你。

时间已久，我只能记下这几条，连所写人的名字、日期也寻不来。我在别人极度悲哀的文字中，也会安慰别人一下。不是吗？生活总归是美好的，尽力就好。

现在想想，在高中校园的那堵墙上，我也写下了自己的誓言。"我要考北大"，但没敢署上自己的名字。

不管到哪，我总喜欢寻觅那些颇有年头的东西。像对待别人的誓言，我总会找有好几个年头的来细心品味，可能过了那么长时间，他早已实现了心中所想。在我愈发简单的脑海里满是钦佩，你看看这就是几年前几年后物是人非的结果。

如我的那句"我要考北大"一样，高中的学弟、学妹看到这样的誓言，是不是脑海会浮现这样的场景——那位书生意气，挥斥方遒的学长，站在未名湖边，看博雅塔掠过一丝丝薄雾，伴着微笑。我相信他们和当时的我一样简单，"我要考南大""我要考清华""我要考中科大"……

我20岁那年，带着所有的遗憾进了皖南的一所医学院。因为对医学极不喜欢，所以每次都逃课，去图书馆看闲书，找小女生谈恋爱，去江边钓鱼。也许在别人看来那种生活很惬意，可我知道什么是孤独。

一个人行于长江边，听江水汹涌澎湃，总会莫名地伤感。人最怕对梦想无能为力，对现实满不在乎。因为最终的结果，都是竹篮打水一场空。

那段时间叫做迷茫或青春的孤独。我也会找一处安静的地方，写上自己的名字，注上日期。

我23岁那年，在挥霍两年的青春后，终于下定了决心。既然不喜欢自己的专业，那就把自己喜欢的东西做到最好。

其实我一直追求的就是成为一位青春作家。我知道在这条路上还有很多路要走。我现在什么都没有，仅剩的是那份所谓的执着。

我爸打电话鼓励我考研，我说不考了，先把大学上完再说。

好朋友也不支持我搞文学，我和她大吵，一个人一个生活。

其实你总归要安静下来想想为什么，为什么愿意飞蛾扑火。就像朋友对我说的，也许只有你失败了，才会后悔，才会回归平淡。甚至我妹也会说上一句,总有一天你会后悔你现在的年轻气盛。

你的梦想有多大,你的后悔就会有多深,你的拼搏就会有多狠。

我一个人去找出版社,心里根本没有任何底气,我怕他们一句话不给我回,我怕他们蔑视的眼神——你还出书,怎么可能。没有人知道我问了多少人,但因为自己的选择,所有的艰辛只能自己去咽。

我努力地写着文章,虽然我喜欢那种感觉,但每每提及心中所想,却也是那般不愿靠近。

我承载着别人所有的看不惯——你每天不学习也不挂科,甚至也有别人对我未来感到迷茫——文字怎么可能养活你自己。

我想着心中的大是大非,不仅仅简单地为了青春的光鲜,我歇斯底里的,却是全部生活。

那天,我找了一堵墙,填了一句话——我知道,这梦想注定孤独。

像现在,生活的故事里,遇到了太多拼搏的人,了解了太多努力的事。而我已会从容面对,像只小鸟,接近阳光。

在皖南老校区,一次上课,我在空闲时间竟找到了这所学校的灵魂,一堵布满文字的留言墙。

在遇到你的路上很孤独,但是我会坚持!我会把自己变得更好,以缩短遇到你的时间。

安静的过道,淅沥的雨滴,敲打着一颗躁动的心,徘徊着一个迷路的自己。

若干年后看到在此的笔记,会不会感动得落泪,待功成名就,那或是另一番感受。

这一切都是过客,抑或留恋,抑或假装忘却。可更真实的存在,是我们不可磨灭的难过。

无论什么时候开始，都是一场开始。

我不等，等一切尘埃落定，等我可以变得更加优秀。

我们都是不曾谋面的陌生人，却在此相识，看了这么多留言，心中感慨万千。离考研还有两个月，我能否成功，我也不知道。但我觉得我还不够努力，所以从现在起我要更加用功。加油吧，小伙伴们！同济等我！

不要轻易相信，我还有什么可以相信。

在这个被别人看扁的迷茫期，我更应该努力，我要证明：我可以！

无意间，看到同学们都在此留言，离考研真的就剩半个月了，一年前决心考研，一年的努力和艰辛，只有自己能够体会。每个人都有追求梦想的权利，树立远大理想，可真正坚定信念的又有几个？我能实现自己的梦想吗？

我摘抄了这么多，无非就是想知道生活的意义，以及对梦想的理解。那天我在那堵墙上，写了一句话，"我把你们写进了我的文字，谢谢你们那么努力。"

还有什么可以承载青春，孤独的你，最后的我。但我们总归明白，一场歇斯底里，换来的却是一生无怨无悔。是这样的，清秋正爽，枯叶腾空，却别有一番滋味。

感悟
生活的点滴

感悟
生活的点滴

一切都平息了。大山有它的威武，也有它阴凉的一面，大海有它的水深波阔，也有鱼儿窒息的瞬间。是谁，觉得对不起这个世界，还要讨好求全。是谁，偏因过去，对未来存有偏见。

我们瞬间就会变老，欲说却无语。可生活却是应当学会承受的，一切如影随形，幻化你我菩提之心。

总归要有一个交代，不管做任何事，三省吾身。兴许你孤苦伶仃，我只能去说，还好，以黑夜之说，博明早阳光之暖。

你心思清明的那一刻，跨过的不仅有彩虹，还有一份依赖，与阳光有关。

余 晨

象征性地醒来，脑子迷糊一片，眼角涩得张不开，蒙头睡，衣衾已无暖意，听鸟语格外吵闹，白晓透过窗，从黑夜转身过来。那转身的样子，是慢镜头的催促。忽冷忽热，忽言又止，黎明给追夜人留下的总是等待。

那处白，透过黑，晶莹得发亮，犹如黑人整了个光头，带给别人的总是微笑。昨晚月亮压根不存在，春雨淅沥，过了杏花时节，落雨到夜还未减。昨日雨水匆忙跌落，没出去，见不得，只能去听。听听那冷雨，冷在江南人情。

要说春雨贵如油，在江南是感觉不到的。每逢一轮旭日，我都小心珍藏。像今早的鸟鸣，我醒来的时候，它们在熟睡，我想闭眼养神，它们却吵得我睡意全无。所以我格外珍惜这鸟鸣，夜雨来的时候，躲进窝里熟睡，兴许和我一样，爱听冷雨。夜雨去的时候，把整个白晓当成迎接新生活的无限遐想。

此刻白渐渐犀利，鸟儿唤醒了黑白交替的天际。那黑白交替的天际，有没有鹊桥相会？重叠在一起的，会不会经久永恒。

几年朋友

　　几年前遇到的人,然后一个转身离开,终究会是昙花一现。你恍惚来到他所在的城市,从东一直到西,距离越来越近,可心却越来越远。因为距离的远近,增添了不可思议的终结。

　　我一直以为,此生犹如初见的狂喜,不见哀怨。认识了你,从认识那一天起就是朋友,不认识你,从离别的那天开始。到现在,是时间在选择我们,而非我们故意推迟下一场邂逅。

　　如果几年后,我们重温几年前的友谊,多少跟着场面说话。哦,我认识你好几年了。可你的声音,身高,甚至现在所着的笔迹,于我早已陌生。

　　就这样见还是不见,都成遗憾。兴许这就是所谓的路人甲,只是我却心不甘情不愿,因为我知道,这种遗憾有时候却是撕心裂肺的呼唤。

马樱花的追逐

五月到七月，马樱花从开放到衰败。

烦琐中抽得空闲，急急忙忙过完自己欢快的度假。空闲里想着烦琐，突然手忙脚乱，不知为何。

马樱花始在初夏，紧跟着阳光变得愈发美丽。盛赞之词溢于言表，随人声繁闹，也随夜色寂寥。

我常常只关心它的败，跌落在柏油路上，化成一处干枯。那马樱花的追逐，落败总会在一场雨后显得凋零。

兴许校园里的马樱花还记得我为它谱的曲。音乐响起，泪眼婆娑，打电话给远方的你，你说你家的马樱花从来不会那么美丽。

得到的，失去的，此刻都存在了意义。我家门前也有一棵马樱花，叔叔说那是绒花树，我说绒花树又叫马樱花，合欢树。

她是来找我的，真的，那纤细似羽的叶子，是我梦里写给她的一打打情书。

欲戴王冠，必承其重

突然有一天，我发现不能没有你。可我多想在没你的日子快乐，只是敌不过岁月的孤单。

早晨我用思念唤醒自己，晚上因为思念彻夜不眠。燕子在离开的时候不留一丝痕迹，来的时候也是悄无声息。多少次，我半夜惊醒，怕一场雨湿了衣襟和枕边的情诗。

我记得耳边残存的回响，我写下孤独的爱恋，我还有的是梦里疏影的斑点。孤独是一条河，我依然翘首企盼有你的那天。

突然有一天，孤独让我流泪，我告诉自己要微笑面对，但萦绕心头不仅仅只是思念。

突然有一天，燕子在我家屋檐筑了巢，我欣喜若狂，写下一篇篇爱的誓言。

突然有一天，我跑到书店看了一整天的书，旁边坐个孩子，用我的钢笔写了满满一页夏天的眷恋。

突然有一天，我发现我家也有合欢，该是多美妙的邂逅，我曾以为再也不能与之相见。

突然有一天，我想到我不见你已有许多天。当初以为不能割舍，到了现在，只是一笑而过。

突然有一天，我听说筑巢的燕子走的时候，会给屋檐留下来年的再见。哪怕一瞥而过，却胜过冬天。

突然有一天，承受过没有你的孤独，我才发现，我和燕子一样，还会想着与春天再见。

还好我看到了美好的明天。

过　程

安慰别人的时候，我爱和他们吹牛。

我说把一件事情的结局想好，自然也不用为过程烦恼了。比如明天你有一个演讲，莫紧张，想想看明天这个时候，你早已把它完成了。再比如考试，一样的道理。

可是这却成了我三千愁丝的所在。

任何事情如果没了过程，或者不去追求这个过程，是多么单调的一件事，即便我知道没有过程是不可能的，之前只是安慰自己的话。

默然，我曾猜到了开头和结尾，却不知道或美或丑的过程，好比一夜醒来，我发现昨晚我做梦了，却忘记了梦的内容。

这是多么让人痛心的一件事，如此我不能接受。

心　意

那种美是期待已久的，雪融开了，春天不远了。

想着落雪时候，陪天空炫舞，而今融雪，看冰雪交融。

伏案写下种种思索，仿佛一切归空，心头一震，想昨日梦里残存。

其实爱情是片孤独的森林，森林深处是一种等待的沉默。

心意怦开，想人生百变，些许时候，一朵花，就是爱的注解。

人生的旅途，并不是爱了就会拥有，不爱的时候也会拥有，等爱的时候，一无所有。

这或许早已成为心中的遗憾，与冰雪交融无关。

2014，我想跟你谈谈

原谅我突然想到了你，快一个月了，我只记得在你的时光里穿梭，没有理由对自己崇拜，我要跟你谈谈。

你在大漠里，让我快点跑。

又一天一夜了，再没有水会渴死。我只想告诉你，"我宁愿渴死也不会放弃大漠。"

"大漠没有生命，多的只是动物的残骸。"

"大漠有生命，我就是生命，即便我可能没有几天的活头。"

"哪怕千辛万苦，纵使坚韧不拔，最后得到的就是一抔黄土。把所有的精神，所有的理智，所有的慰藉，统统葬送在这一望无际的荒漠。"

"你小瞧我了，既然来到这里，我带来的就是存在的希望。一切生命都是大漠的赝品，唯独真正寄心于大漠才是真。"

"石头不会永远是石头，还会变成粉末。腐败的身躯，掺杂恶臭，大漠里的神灵只会更加厌恶。"

"恶臭之后，还能变成一粒黄土，在大漠随风散落。我的追求，就是寄心于此。"

你不再说什么，转头就走。嘴里喃喃念叨，有时候必须经历，才会真正理解艰难困苦。

我深扎在黄土里，没有一滴水的浸润。我渴得脸发白，躯体发黄。我对着自己说，坚强吧，大漠里的佼佼者。我冲着大漠叫道，我要用实际行动，打破生命的堕落。

可我渴得要死，我还有三口气。我知道你无处不在，随便一个呼喊，就能一阵暴雨。可我只是个探索者。

我眼前发黑，头脑发昏。脑海浮现春天的画面，那时候我自由自在，我以为我的梦想是在大漠。

可我渴得要死，我还有两口气。天色渐晚，虚弱的身心使我沉睡，我告诉自己，一千个梦想就是一万个脚踏实地。生命本身就是梦想创造的奇迹。我是个勇敢者。

一摊水，清澈见底。我需要水，就像我把勇气当做探索的魔杖。我甚至还要振臂高呼。

可我渴得要死，我还有最后一口气。万般执着，与生命微不足道，千里寻梦，与梦想纵有万缕丝连。我已经快死了，可我为什么还离不开水。假如有一杯水，我宁愿用梦想来换。其实，我还是个求生者。

当我再次醒来的时候，你在我身边。我知道我用最后一口气换的是生命。

你说，我的追求没错；你说，我是个勇敢的探索者；你说，在我身上还有理智；你说，我流泪了。

我不知该难过还是庆幸，我说，你走吧！

你笑了笑说，你怎么不走呢？

我走？对，你走，其实上天把你创造成的是骆驼，而非草木。

可是我一直把自己当成一棵坚强的小草！

纯洁的遗憾

自从上了大学，所有内心的不安与攒动，纷至沓来。

不爱学习的我，有一天突发奇想，要创办一个学习社。有点爱心的我，急着要建立一个可以与"壹基金"媲美的基金组织，名字都想好了，叫"三基金"。一直奋斗努力的我，为了遥远的北大，泪流满面。因与润之有个约定，所以急着前往长沙，看橘子洲头，游岳麓书院。

我能想象到这是一种缺憾的美。所以，在我的笔记本里，有那么一栏，记着我所想到的，我要去实现的梦想。

也许有一天我真的老了，走不动了，快要死了，还没有实现自己的所想。是会有纯洁的遗憾，但我记着一辈子要走的路。

所以，迷途的时候，不管梦想是小是大，都应收入囊中，这可以充实人生的旅途。

让疲惫的心休息一下,带上春风又起

如若只是生活在春天,我相信春天也有四季;站在不起眼的角落,看四季更替。

我知道人走远了不会来,给春风的秘密,都随着绿荫藏到树的梦里。

我明白世事在变迁,因为一不小心的选择,燕子呢喃,流连屋檐。

所以下辈子我把疲惫抛给春天,带上春风又起,着一片叶子,成为一棵树,站成永恒,丝毫没有悲欢的姿态。

一棵树,载着一年一季的果实,胸怀直入云霄的勇气。春天让行人赞美它的新绿,夏天为路人遮了一片细雨,秋天放手给叶儿自由,冬天仰起头颅看白雪装点整个天际。从不依靠,从不言语,三缄其口,默默生息。

所有的这一切源于邂逅。那一天阳光正好,偏偏蝴蝶飞来,给春天爱的勇气。

无论白昼还是黑夜,我都愿守候在天边,静静聆听这执着,还有凌空时灰白的交错。

有时候,选择生活,其实就是给自己疲惫的心一个宽慰的住所。

不再是懵懂的年纪,笑容或许找不到花的印记。尽管如此,是春风总会还春天清凉一场,是春雨总会还春天清净一刻。尽管如此,一棵树的生命依然坚挺,世界依然有始有终。

选择回忆,忆苦忆甜,回忆注定需要勇气。回忆中的生活带着音乐和诗,也带着翅膀,说走就走,不会在乎你的眼泪、笔和情书。

静静地行走在路上,有时候,不必纠结路该通向何方,你只需记得你下一站的方向。再远的距离,用心走,总会发现,原来带上春风十里,走的是位移,而非距离。

再回首，夜已深。时间最会让人着迷，连同心思一样沉淀。我如果爱你，绝不像江南的雨，说来就来，说走就走。我如果爱你，哪怕有的仅仅是一场兵荒马乱的守候，也会坚持到底。

有人问我，为什么你像一条路？崎岖，平坦。怎么说呢，选择成为一条路的时候，我的心是空的。

当听着家人的唠叨，不再是耳旁风；当拿起电话，给远方的人以问候；当生命的诀别，把眼泪伪装；当行走在路上，再也没有迷茫彷徨；你不会知道什么时候你突然长大了，还以为这个世界是幼稚的。

请带上我的影子，钢笔，还有未知的以后和一颗淡然心。

今夜春风又起，我在最美时刻遇到你。如果来生，我成不了一棵参天大树，让我化身为一棵树苗，一半在土里安详，一半追逐参天梦想。

写给幸福

我知道你不愿意过早地来,你在拖拉,看着路边的风景。

我知道明媚的午后,我还像往常一样着急,着急写不出好的诗送给母亲。

我知道路上的荆棘太多,适合我的除了等待,还有微笑着面对。

我知道老屋变老时内心的惶恐,那是幸福的记忆,时光的证明。

终于在最浪漫的一天,我变得富有。有脚步声,还有关于未来无与伦比的梦。

其实幸福真的没有那么难,穿暖衣服,吃好饭菜,顺应自己的习惯,一支钢笔,几张薄纸,一整天带上笑容满面。

幸福是什么?幸福是得到与失去的较量,也是现实与未来的权衡。

我本身就是一条河的影子,给鱼儿栖息的怀抱。

雪花自开,遇冷会来

选择的时候,总会一味地追求离自己目标最近的。然后,可能会遇到一个不喜欢自己的人,遇到一场让人不开心的事。每个人都患有选择恐惧症,患得患失,优柔寡断,却也决绝。一首歌总会被人用不同的方式诠释,你认为不好的,他认为好,你认为好的,可能就是他最讨厌的。可我们总爱对得起自己的内心,认为一切都应以心的原则作标准。所以才会有因为对不起自己,而变得筋疲力尽。

选择时最大的遗憾就是太追求完美。

雪花自开,遇冷会来。不是随性,也不是随意,而是唯物主义者身边的道理。

青春是一本太仓促的书

一

朋友给我发来信息,说麻烦我一件事。作为发小的我,当然义不容辞。然后他接连发来十三张照片,还没等我接收,那边信息声又响了,说让我拿给他爸妈看,还说是他相亲的对象。我沉思良久。朋友和我一样大,他早些年就不再上学,一直闯南走北。虽然没闯出什么名堂,却一直是我敬佩的对象。

我心中的他,可以为朋友两肋插刀;可以为了爱的那个人,选择孤独买醉;可以用优美的文字,诠释内心的存在。

提笔执心,曾几何时成为了一种习惯,过去一直是写给别人看,带着些许修饰。而今只有自己记录下自己的蜕变,却不带任何修饰。或许面对自己的内心是永远都欺骗不了的,即使欺骗了整个世界。

我写不出来这么潇洒的文字。

曾和他探讨我们何时成家。他说三十岁之后,我也说三十岁以后。只是我不知道他一本正经地给我说他相亲的对象,让我怎么接受青春的仓促。过去的事还历历在目,虽然我知道随着年龄的增加,人会变得愈发孤独冷静。可我始终认为,是我们缺乏了勇气,缺乏面对自己的勇气,缺乏对未来美好生活向往的勇气。

或许人只有经历之后才会小心翼翼。那时候我们还年轻,谈天谈地;那时候我们还年轻,谈朋友谈爱情。那时候他跟我说他喜欢的女生,眼里泛着光,我知道那是一种喜悦和无助。那种喜悦最后变成悲哀,变成拒绝，变成形同陌路的表白，只剩下无助。我曾在一篇文章里写道，选择拒绝我们的人，其实是最懂我们的人，也是我们最不懂的人。

青春或许太过仓促，仓促到我们每个人都那么小心翼翼。

二

我说我要成为一个作家的时候，家里人齐刷刷地看着我，像看一头怪兽。我知道这头怪兽也有自己的怪兽心思，依然有模有样地写着文字。然后我母亲很淡定地对我说，别想那些不靠谱的事，好好把你的专业学好，做个都市小护工。我父亲算是比较明智，听我说过就笑了起来，谁年轻没有梦想。他的意思是说，可以理解我的梦想，但不放纵我现实的行为。

你应该能明白备受打击的那种执着中的无助。我就撇着小嘴，不和他们说话。

也是，用文字养活自己多少让人看起来不可思议。我没出过一本书，甚至连一篇文章也没发表过。我时时刻刻都在做梦，自己出书的那天，该是何等的喜悦。母亲从远方打来祝福的电话，父亲给我一次少有的鼓励。

这倒在我心里狠狠地扎根了。我承认，我写文字的动机早已注入了名利。我不可能把这种心思全部抹杀掉，因为我要让母亲为我骄傲。

只是在写了几万字文章之后，突然有一天，我因为没有任何灵感而变得郁郁寡欢。不吃饭，不睡觉，不愿理任何人，只是一味地坐在板凳上。心中想着到底为什么，要把文字变得那么牵强。到底为什么明知道是一种不可能，还这般执着地坚持。对于爱情，我曾执着得要死，我想写本书，把她记下。对于亲情，我又是如此纠结，想着改变，赚钱让家人不再劳累。这会是一种错误的抉择吗？

所有的结局都已经写好，所有的泪水都已经启程。或许还没有来到的，是我们需要怎么面对的勇气，再或者就是，太过仓促时我们惊慌失措的表情。

不得不承认，青春来时太过隐蔽，走时那么招摇，过程却如此的仓促，让人防不胜防。

就这样，与青春冰释前嫌

一

翻看了很多青春的文章，感悟，离愁，痴情，或是偶尔孤单。

听着一首首音乐，年龄越长，越喜欢单曲循环。一首歌，也许就是一个故事，或者还是一种相思。

如果冬天的雪花来得那么轻易，又怎肯背负太多的遗憾，在冬天最冷的时候，选择离开。

如果注定要有一场生活的散场，青春的日记写了数篇，记下了多少过客，又记下了多少不可能的梦想。

如果这些都需要选择，我愿意接受选择。

就这样，与青春冰释前嫌。

二

有人说，23岁左右的年纪是人生最尴尬的年纪。一无所有，却总想着如何成功；死要面子，却不得不向父母伸手要钱。

也许人生就是一场解，解密越多，越不快乐。学着装傻，不敢面对，难得糊涂，其实心里总如明镜一般。

可青春毕竟是要过完，褪去自身的桀骜，增添对生活的决心。

就这样，与青春冰释前嫌。

感情也好，学业也好，梦想也罢。在这时光离别之际，通通给自己一个安慰。没有得到的，是以后努力的，把握在手的，多几分珍惜。

发小给我发信息，说她下个月就要结婚了。哦，生活来了，看着她们一个个成家，自己倒还像个小孩。她只是笑笑，说，小孩子好啊！

三

青春是捉摸不定的归处。

满心欢喜离开了家去上大学，然后会很疲惫地想家。记忆里，我写作文总爱附庸风雅。啊，家是避风港，家是一座堡垒，无论什么时候，家才是真正令人记挂的地方。

那时候不懂，以为文字里对家的描述是幻想，现在自己懂了，发现那是幻想着何时回家梦中的绝望。

与青春，是冰释前嫌，还是重蹈覆辙。我相信每个人都有一个记挂，那就是，什么时候回家。

这一点是毋庸置疑的，可你在外，我相信会过得很好，青春过完，哪有迷茫。那颗颇有勇气的心，是证明给这个世界看的，也是对家最好的宽慰。

四

我知道你来到了。

人生不可能只是初见，你的到来，你的世界，你的离去，我的不甘，我的爱恋，我的执着，我的追求。

如果我爱你，不会仅仅是爱你，我还会想你。如果我爱你，也不会借你的眼泪塑造唯美，你的快乐会成为我的勇气。

本来不可能的一帆风顺，青春过完，发现最大的绊脚石，不是不爱，而是爱得太过没有勇气。就像《匆匆那年》的男女主人公，他们最大的诟病，是选择逃避。

我不问你有没有逃避过，有没有不爱过，或者受伤过，幸福过，还是什么都没有，只是高冷得让人不愿靠近。

这一切随着青春流逝，就这样冰释前嫌。我们笑了，笑青春再不可能左右我们内心秘密。

我的世界早已有了别人代替不了的秘密，这冰释前嫌，我想没有不甘。我不问你，就让青春的结尾回归平淡。

五

一不小心留下了梦想的种子，开花，扎根，也许不会结果。

一不小心找了一家出版社，不问不说，只等有没有结果。

一不小心发现胡须长得好长，遗留在小盒子里的记事本，中间夹杂的照片，年轻气盛，简直两个样子。

还有记满笔记的作业本，上面写着梦中大学的名字。

梦想在青春略显浮夸，但不浮夸怎可能会是梦想。

可这一切，终究把它变得成熟。青春的狂妄，一点点褪去，稳重的生活，不会有太多顾忌。

与青春冰释前嫌，要是没有平静下来的，就去放下，平静下来的，我们一起说再也不相干。

六

就这样，与青春冰释前嫌。

不管爱情，亲情，梦想，学业，总归有一个自己选择的归处。

可生活的印记，别那么快放下，也别那么多向往。青春过完，生活却刚刚开始。

我们重温有你的瞬间，谢谢你，让迷茫的青春，那么安静地度过，就这样冰释前嫌。

我们如何欺骗自己

骗自己去喝酒，说是能忘却过往。然后稀里糊涂地醉了一夜，早早的还要起床，头疼得要死。

骗自己不去想，说是能不能在一起也没什么，生活并不是只有爱情，然后听着自言自语，看生活中的自己依然那么无精打采。

骗自己去跑步，说是运动起来整个身心略显健康，一大早从城东跑到城西，满头大汗。

我们总喜欢骗自己，等黑夜慢慢侵袭，才发现什么都忘不了。还是那样，你等你要等的人，谁也不知道那人是谁。

爱情里我们做够了自欺欺人。

我们的誓言只是一种渴望，那渴望看起来如此绚丽多彩。

渴望彼此成为相邻的藤条，交织在一起；渴望这辈子哪怕只是遇到唯一的你，始终灌输，怎样不离不弃；渴望白了发，老了声音，却始终相依相偎。

等真的再也欺骗不了自己，还渴望彼此一个转身，再次重逢，相识在梦里。

我不怪你，你的渴望，让人看起来忧伤，却在忧伤里享用，分外的甘甜。

只是多少人尝遍了这样的欺骗，却还嘴里说着不甘，心里念着想念。

我不怪你，我们本身渺小得不起眼，能去怪谁那么不争气。

爱了就爱了，不管心存多久，哪怕一辈子。

所以把心放到一边，见人就说怎样才能回到过去，回到无知的童年，那时候，没有任何烦恼，只知道吃，只知道睡，只知道玩。然后转过身来，唏嘘不已，又傻了一次。

朋友前来安慰你，说是岁月会让你遇到更好的人，你还是喜欢大惊小怪，啊，岁月是不是在和我开玩笑，还是想让我成为打不死的小强。

在无语中度过无聊的一天，你还是忍不住问了自己，你说她还会来吗？

谁知道，也许那本身就是一场欺骗，还在欺骗中狂欢，在欺骗中想念。

那是处于爱情迷途的你，不爱做梦了，变傻了，还是不说一句话。你看，你永远不知，我们是如何欺骗自己。

青春是一场孤独的旅行

坐火车的时候，总喜欢站在两节车厢交接的地方。有时候，就是喜欢那种冷冰冰的感觉。

身边不时地变换着人来抽烟，我对烟味不敏感，没有什么大惊小怪，所以身边各种形态的人，也能记下几个。

一下车，什么都忘得干净，忘了在火车上挤得难受的感觉，忘了那种独特的空调味。

赶公交回家，一路风尘仆仆，归心似箭。等到了家里，就总是喊着吵着说无聊。

我们的生活里到处充满着无聊，青春是用来折腾的，累了、倦了、哭了、想睡了，就总能找到回家的理由。

回家，意味着摆脱一时的恐惧，还有给青春那场孤独的旅行做个总结，甚至可以说是场逃避。

二十几岁，我们面临毕业，总会或多或少的有些迷茫与困惑。

某人要去问你，你毕业之后准备在哪工作；某人也问你，你谈没谈恋爱。

你只是唏嘘。我的想法是，大学大学，谁能知道以后的事；恋爱恋爱，你问哪一场恋爱，最终不都是需要很大的勇气。

何为青春？书本里说，是迷茫和困惑的综合体。

前段时间陷入一个比较执拗的生活循环。能很自在地做任何事，可以很安然地等一个人的消息。然后有一天突然发现，不过是虚无缥缈的执着，内心却心存不甘。人最怕习惯，习惯了，这辈子都很难改掉。

就像我喜欢写文一样，如果哪一段时间没有任何思绪，心情总会莫名的不好，我归述其为习惯的诟病。

　　这与往常很多习惯不同，也与青春的迷茫不一样。我们选择的青春，其实是自己对自己内心孤单的诠释。

　　青春其实是一场孤独的旅行。

　　谈及善良与这个社会的偏见，刚巧听身边的人说了一句话。他说，"其实善良的人有时会吃亏，可这辈子让你成为一个好人，或许就是对你最大的回报，你必须接受，不然还能怎样。"

　　我们还涉世未深，还理解不了那种"见人说人话，见鬼说鬼话"的处世之道，还很难算计一个人，还不愿意伤害爱过的人。这就是青春，不是忧伤，而是在旅行的途中，心里的念想早已被美好充斥着，只是不愿意，不愿意随波逐流，不愿意用一颗肮脏的心对待别人。

　　不忘初心的人能有多少，读书看报，茶余饭后，偶尔纠缠，些许孤单作陪。

　　是应该幻想一个世界，躲在自己心的后面，偶尔把自己装进去，不要这个世界过于复杂。

当你老了

　　曾经,你笑着对别人说,你等等我,别人却对你不屑一顾。那时候带着春天里的笑容,笑身边的过客匆匆,也笑别人为生活匆忙着急一生。是吗？我只是个恋家的孩子,可我愿意在大城市放飞自己的梦想。当所有的一切变成愁眉苦脸,才发现离梦想最近的不是追求永恒,而是选择平凡一生。

一

　　我问肖老板,"难不成我没出息了,才老是想着大学之后回家发展。"

　　他笑笑,"或许吧。"

　　"不不不,不可能没有出息,我还有梦想要追求呢。"

　　"走去取钱,手里拿点钱,就不会饿死,也不会感觉在城市生存不了。"

　　"就是那么任性。"

　　两天之后我没钱了,重复着做兼职,不吃早饭,喝点白开水的日子。

　　晚上从电影院回学校,刚想今天很开心,又赚了点钱,一踏出门口,发现地面早已被雨水打湿。我就是不喜欢皖南的阴雨天,柔柔绵绵的,跟个娘儿们似的。

　　年纪一大就爱幻想吹牛。和亲叔有一吹,和表哥也有一吹。

　　看看吧,等我有钱了,就在家里的院子盖个别墅,买辆豪车,载着孩子到处玩。还有把村里的房子全拆了,统一规划,我做村长。

　　只便唏嘘自己吹牛吹得很大,盖上了天。

　　当雨只是在黑夜里下,我们所能做的就是好好睡觉,以免被雨淋。哪怕在心里淋雨,也要努力避免。

二

和超哥聊聊心里话,一人一罐啤酒,一袋花生米。

"小样,日子过得这般潇洒。"

我极不喜欢超哥说我日子过得潇洒,我没有装潇洒,我知道,像这样下雨的夜里,也会有孤单落寞,我也知道,这生活不是那么简单,你若不坚强,谁有心思看你软弱的样子。那叫自虐,也是浪费生命。

"超哥,别想太多,以后会很好的。"

"我没想多,我这学期还要考驾照,但没钱。"

"没钱就对了,你要有钱,我不也有钱了。穷学生,啥都别说。"

"是啊,还是以后赶紧工作吧!"

"我突然有种感觉,自己以后可能回家发展。"

"呃,我也这样想的。"

"嗯,那样多少给自己减轻了很多压力。我可以择一城终老,没事写写文章,出几本书,赚个外快,养个女儿。"

"想想还是挺好的。"

就爱做梦,肖老板一头打断我的思绪。现实如此残酷,还是幻想一下比较好。

我心里想,这很容易。

三

几个月前,我赶去皖南的火车,到了火车站累得半死。

一男的向我搭话,最后混熟了,还让我帮他把行李拿上车。

其实没有信不信任这一说,但他的东西是真多。

和他聊了一会,发现此人极会搭讪。

"唉,同学,你们开学了?"

"不不不,我去有点事。"

"哦,我就说吧! 看你像一中毕业的吧!"

"呃,是的。"

"我也是的,校友啊!"

"好吧。"

"我大学毕业两年了,现在在城里工作。"

"啊,怎么选择在这个小县城工作呢,多没动力,也没激情。"

"我高三同学前三名都回来了,第一名考公务员回来了,第二名也考了公务员。"

"那你是第三名吧!"

他笑笑说,"差不多。"

"为什么选择回家,我们可是从小都励志要在外面闯一番天地的,有衣锦还乡的抱负。"

他还是笑笑,"不管外面怎么样,感觉还是家里好,自在。"

这让我想到了以前对别人说的誓言,你在哪我在哪,有你哪里都是家,都自在。等一切都过去的时候,发现这句话不太对,原来错在,有一个地方,从你生命出现的那一瞬,就已经注定它和你有一生的渊源。

四

"嘿,肖老板,我是不是真没出息?"

我急着想要他给我个答案,我想要的答案其实是他慢悠悠地说"没出息"。那样,我多么羡慕自己,曾经有出息过。

但他只是那句,"怂样的,差不多。"

我想骂他,但介于文化人的儒雅,什么都没说。

五

"超哥,是不是我们年纪大了,心变小了。"

"应该是的,真的很羡慕那时小时候的生活。"

我问自己的影子,当你老了,你会后悔吗?

影子对我说,你自己看着办吧。

我那天只喝了一罐啤酒,根本没法喝醉,什么话也没说。

就只是把自己当成哑巴,在夜里躺着,听雨落下。

青春让我们
明白，曾经很好

青春
让我们明白，曾经很好

　　问曾经好不好，曾有过烦恼；问曾经好不好，曾满是伤痕。当我们开始不再问的时候，曾经却总是不经意出现。我们总认为，一个人的快乐，是对未来的憧憬，殊不知，慢慢长大的过程，让我们懂得，是时候给过去一个总结，给未来定个计划。

半路人

我们不能选择自己的出生，但能选择自己的念想。

一

秋末，大杨树的叶子早已落满了地，透过小路望去，满眼的落黄，像镶了金边似的。

路两旁的杨树，光秃秃的，枝桠参差交错着，麻雀的窝看得更明显了。两人合抱的大树，总会给人一种直入云霄的感觉，就连南飞的大雁，也不时地透过头来，生怕撞上树枝。

秋末，也就没有农活了。

男人们早早地起来，往村子边缘转转，有时候点了一把火，搁在路的拐角烤火。女人们也早早地起来，谁家有猪的，有羊的，就早起拉着木板车，往僻静的小路赶去，那里人烟少，落叶子多，赶着是要给猪建一个暖和的窝。秋末冬初的天是冷的，尤其在早晨，尤其在北方，尤其在北方的早晨。所以太阳赶过来的时候，公鸡开始叫了，村里的孩子也起来了，早饭早就被母亲搁在锅里，米水都烂掉了。

孩子们吃完饭，背上包，开始往学校走，一边走一边回头看看，念叨母亲怎么还没回来。风刺骨地吹，然后孩子不看了，使劲地搓着手，嘴里默念着"好冷"。男人们也吃完饭了，偶尔几个人围在一起，谈论着隔壁村子的趣事。女人们赶回来，男人们迎了去，帮忙拉车，卸下捆绑的叶子，一部分放到羊圈喂羊，一部分放到猪圈。

秋末的叶子是女人的。

严寒越来越近了，太阳也会不时地躲起来，阴一片明一片的。没有农活，身上出不了汗，干坐着不是滋味，还得串门子拉家常，聊着谁家蒸的白面馍好吃，谈着今年地里的收成，最重要的是一年一季的西关会就要开始了。

孩子们放学回家，把书包往地上一扔，先从厨屋拿了两个大白馍啃着，顺便到前边院子，摘两根葱一起吃。然后一股脑的到隔壁去找母亲，一家，两家，还是没找到，到第三家，鼻歪眼斜，做着要哭的样子，邻居看了好笑，忙指着说："你母亲刚刚回家。"孩子们一个踉跄奔了回去，一见到母亲哭也哭不出来，只是问啥时候带自己去赶西关会，母亲一旁站着说："赶啥会，没钱咋去赶会。"孩子终于哭了出来，山崩地裂的，把男人们都惊回了家，照着他们的屁股就是一阵好打，孩子们不哭了，男人们说等周末，就带你去，孩子们又笑了。

盼望的日子是漫长的。从一个山头到另一个山头，虽然看着近，可要走起路来，就得走两个山腰那么长。孩子们打小就知道，希望有时候也会是失望的。

西关会到了，男人们带着孩子走着去了。

渐渐逼近县城的西关，人不由分说地多了起来，再接着连挤也挤不动了。西关会有好多年的历史了，小时候总听人说西关会，长大后才知道，原来正名叫交流会。所谓的交流会，就是云集各地的买卖人，还有其他各种各样的人，把一个地方搞得鱼龙混杂，可是即便这样解释，却还是充满诱惑。

西关会在县城西关的二环路上，每到这个时候，那条街根本行不了车，只能走路。孩子们是会被大人们紧紧地拉着手的，一刻也不肯松开，生怕松开了就会飞似的。

西关会开始前几天，那些商品台子、游乐设施等就被搭好了。等会一到，人挤着进去要看。图个新鲜，图个刺激，鬼屋是孩子们想要去的地方之一，那搭好的鬼屋外面，贴满了恶鬼的画像，有无头鬼、黑白无常、吊死鬼，等等，面目极为狰狞。小孩看了，吓得不敢正眼去瞧，大人们看了，只一味地笑，脸上的煞容也能看得出他们内心也稍微有些惊恐，所以微笑是怕别人看出来罢了。鬼屋里不时地发出"嗖嗖"的声响，尤其配上电影《聊斋志异》里的曲子，足足能从这头惊恐到那头。虽然这般让人害怕，孩子们却乐此不疲，非缠着大人买票进去，大人们也不拒绝，一同进去了。游完鬼屋出来，男人们骂着说坑钱，长了三条腿的羊有什么看头，白花了那么多钱，可孩子们是高兴的，因为他们有在教室炫耀的事情了。

"你说你赶西关会连那三条腿的羊都没见到？"

"我去了，买了个木笛，好几块钱呢。"

"什么啊！我祖母明天带我去，我也买很多东西，你们等着瞧吧！"

西关会是热闹的。一路走着，总能看到好玩的，每处好玩的地方，都被人堵住了。非得使出九牛二虎之力，否则有钱也是白搭，也摸不着玩。套圈，打气球也是孩子们最爱玩的。一块钱十个圈，那木圈小得可怜，琳琅满目的奖品，使得手里的木圈也变大了。总是感觉能套得住，总感觉东西好小，木圈好大，一套一个准，瞎着眼乱扔也能一下子套牢。所以不仅孩子们喜欢，大人们也跟着热闹。我就不信，我堂堂八尺男儿，连小孩玩的东西也玩不好。想着，要了一块钱的圈，一掷，什么也没套住，怪运气背，九掷还没套住，感情脸青一把红一把的，想着堂堂八尺男儿，竟这般没有用，便把最后的木圈给孩子套，孩子傻里傻气的一套，准了。四周的人都抬头看那幸运的孩子，只是男人倒满脸不自在，叫上孩子，拿着奖品走了。

打气球对于平衡不好的人来说，算是有难度的游戏了，孩子们总爱向男人们求助，因为他们不仅在平衡上拿不准，连来回扳动开关也是不能的。说什么打中多少，给拿回家一个大奖品，然后围了一圈人，一圈的外围又站了一圈，有时候人满个三圈，四圈也是有的。

挤着挤着，便挤到了卖衣服的地。搭着的棚一个紧挨着一个，衣服，被子什么的满满都是。这是女人们最爱的去处。上下争着砍价，一条十块钱的衣服，砍到五块那叫普通，砍到三块才叫水平。顾客和老板争得面红耳赤，尤其老板娘出马，硬是跟顾客吵了起来，完全没把"顾客就是上帝"当回事。换句话说，顾客也就是那么回事，你情我愿。有时还有来自新疆、西藏的买卖人，他们有的卖羊肉串，有的搭个桌子，上面布满了玉石、佩刀类的东西，有的搭个棚子卖羊毛衫，甚至还有边卖边唱的，把羊肉串活活夸了个遍。

"新疆羊肉串啦,新疆羊肉串,正宗的羊肉制成的串,尝一尝,看一看,不好吃,马上换。"

"正宗的新疆羊肉串,不用到新疆,就能吃上正宗的新疆味。"

他们的汉语有点蹩脚,不过好听是有的。孩子们一听,还真来劲,非要买一串来吃。男人们见价格不菲,连忙呵斥孩子,孩子倒没有再去吵闹,说什么生怕家人掉头走了,连玩都不能玩了。

有时候,还会有云游的和尚。占了个地,往上一坐,面前放了张油纸,上面横啊竖啊的,一旁竖起块木板,写着算命。就是个和尚,围着的人也不少的,年轻人是好奇,中年人是来算命,老年人则是虔诚,满满都是尊重。那个地方寺庙不多,北方的一个平原县城,又怎能承载如此的佛文化呢!倒是信佛的有的是,所以和尚自然是备受尊重的。

西关会是热闹的。走三两步,到处都是卖吃的。好多小吃聚集在一处,让人口水直流。孩子哭了,家人一个糖葫芦,就把孩子哄笑了。尤其那棉花糖,舔着能吃好长时间,男人们也愿意买,孩子们也愿意要。那些来自远方的商人,也带了他们那里的土特产来卖,尤其新疆的葡萄干、羊肉串、哈密瓜等,应接不暇,看着不买都是万分高兴的。

其实每次赶会,孩子们总会有自己的秘密的。大早上不在家吃饭,为的就是到城里吃包子喝粥,尤其掌汤加煎包,对着老板一声吆喝,"老板,来两块钱的煎包,一碗掌汤。"老板那头随声附和,"好嘞!"不大一会,热气腾腾的汤和包子就上来了。所有的胃口跟着也全上来了,一口气吃完,连汤也喝完。

西关会的一角是热闹的。人头攒动,哪家的男人一不小心松手,便把孩子弄丢了也不知道,待天色渐晚,想着要回家,突然发现孩子不见了,着急得满头大汗,东西南北来回不停地叫喊着,眼泪也流了出来。最后是在警察局找到了,千道谢万道谢才算离开,回家去了。等一到家,什么话也不说,照着孩子的屁股就打,说什么乱跑不听话。所以,每年十二月份的西关会,孩子是不被允许自个去的,除非大人带着,有时候大人怕自己马大哈,也不让孩子去。可孩子总归喜欢去的,总会遇到三五个小孩偷着去,回到家自然不免一顿木板子的。

丢钱的事常有发生的，听大人们提起，说某村的哪个大爷的几百块钱全被偷了，一点都没剩。那大爷是把钱放到最里面的口袋，而且还缝了起来，听说缝的口袋被刀子划开，把钱偷去的。所以甭提赶会买东西了，回到家老婆硬是大吵大闹一晚上，差点喝农药自杀，还好左邻右舍来劝，这才罢了。

西关会没到的时候，村子就沸腾开了，早早的几家人邀好，借车的借车，借钱的借钱。西关会开始的时候，村子就热闹了，大姑娘把辫子一束，正值青春韶华，爱美之心是有的，所谓"士为知己者死，女为悦己者容"，早早的为心上人打扮一番。小伙子也给自己头上抹了油，锃亮锃亮的，十里八村的媒婆，早看了哪家姑娘好，撮合着让他们一起去赶会。西关会结束的时候，村子也还热闹，谁家新媳妇给她婆婆买了身衣裳，一传十，十传百，整个村子都知道了，便都夸那家媳妇懂事，说自己家媳妇，连想都没想过这事，所以板着脸回家，搞不好又是一阵吵。

孩子们听到吵闹声，就来看热闹，看了一上午，觉得无聊，急忙跑去玩去了。

其实孩子们是特别向往西关会的。不仅仅是有好吃的，好玩的，更多的是孩子长大，那份美好的记忆深深植入心底，是谁也不肯丢掉或厌恶的。即便身处他乡，西关会总是会有的，连同落叶，沉淀于心中，只是突然有一天是会流下感动的泪水的。

那时候我还小，最喜欢去赶会了。村里的大人们约好了一起去，到别家借来老旧的自行车，若是载不了那么多人，孩子们便被留在了家里。年纪小的，自然以哭闹威胁，对于那时候七八岁的我，况且还有个阿弟，自然去不成了。

我去不成就撅着嘴，等他们一走就哭。等他们一回来，还不高兴着，非得看看有没有给我带好吃的，若是没有，当然还是不高兴着。

其实，我不高兴，就爱到地里去。冬天就去地里烤火玩，直到手熏得发黄，才回家里去。不冷的季节，我就去地里捉蛤蟆，逮蟋蟀。有时候，也邀几个伙伴，去移树苗。

我们最爱移的是桃树苗。那时候，我家后屋还没建，是一片桃树园。

每次一放学回来，必是往园子跑去，看看桃熟了没有。只要一见有小红点，就偷摘了，管他自家的还是别人家的。但要是有人摘我家桃子，我是不让他们摘的。

桃园人多，吃的桃也多，桃树苗自然也就多。所以我们一放学像打仗似的，往桃园窜去，等发现桃树苗，就小心翼翼地挖开，用土包住根部，拿回家来种。

可我家的院子是荒凉的，我不愿意拿到院子来种。我就把移来的桃树苗，全部种在我家桃树园里。用手挖了个坑，把树苗放进去，然后在树苗的四周用细木棍搭个篱笆，为的是不让其他人再移去了。可我每次一种上，过不了几天，也就没有了。不是死了，就是被别人又移走了。

桃子开始熟，桃园是热闹的，等桃子摘完，桃园就安静了。

因为桃园是几家人的，几家人的小孩一放学便到桃园。祖母也让我看桃，就是不让我摘桃。我看了一眼祖母，心想不摘就不摘。

那时候我还小，也就七八岁的样子，小学也只上到一年级。我飞奔到桃园，看见蝴蝶就去追，把衣服一脱，就去捉。有时候运气好，一下子能捉到好几只，运气不好，一下子就把它盖死了。

阿弟是跟在我后面，他从小就和别家的小孩打架，到了桃园还是打，那些大一点的孩子就让他们打架，我一旁拉开，不许他们打。我还打我阿弟，不管谁对谁错。我阿弟哭着跑家里告状，我就把自己偷来的最好吃的桃子给他，阿弟不哭了，就又跟着我到桃园看桃了。

因为桃园人多，孩子们在一起自然会有很多玩法。我记得小点的时候，我也跟着阿姐跳绳，等我大了点，就玩猜拳游戏。

桃园的一角有一片杨树群，杨树群里有一片空地。虽然不算大，但也是极好的乐园。我们猜拳游戏就是在那进行的，十几个小孩分成两组，画一个长方形的圈，一组在里面，一组在外面进行猜拳，哪方的输了，哪方就"死"一个人。那时候，我们都叫它为"猜关"。

等一放学，一个大点的伙伴一声喊"谁来猜关的"，远远地就有一群小伙伴要玩，再小的想玩也摸不着玩咧！有时候玩得过了头，就打架，一方对着一方，哪方也不愿意低头。打架的源头无非是猜拳伸得快慢问题,打打就过去了,第二天一群人就又和好了。

玩累的时候就想着摘桃吃,摘桃还不摘自家的,因为偷来的东西更好吃。我也是喜欢偷桃的。先看看哪个有了红点,再去进一步实现自己的"偷桃计划"。有时候几个人一起围着,指着哪处的桃变红了,看的我们两眼发直。但桃园是有记号的,那记号就是大人们的聪明所在。大人们为了防孩子偷桃,早在桃树下做了一番动作,用铁耙子把地镂了个遍,均匀极了。只要有人进地里,就能发现脚印。有时候某家的孩子突然发现自家的桃树园里有脚印,吆喝着谁偷他家的桃子,就喊来全部的人比划脚印,等几个人比划之后,那脚印足足有大人的脚那般大了。

桃园是热闹的。我家的桃园给了我很多乐趣,不管桃子成熟了,还是人成熟了,总能发现点什么。阿弟长大了,桃园没有了,我的心空了,空荡荡的,只是连那杨树群,现在也是残缺不全。祖母老了,再没有人让我看桃了。只是我依然在冬天的时候,到地里点把小火,夏热的时节,去地里寻荫乘凉。我似乎发现,桃子摘完的时候,其实我的心也安静了。

那时候我还小,总感觉桃子是摘不完的。我捉完蝴蝶,玩完游戏就去吃桃。本来一开始就只有几个红点点的,过了两天就多了许多,再过几天,就全都红了。几家人忙着摘桃,几家的小孩就在一起玩。祖母也去摘桃,我也去玩,然后帮着吃桃。等吃了几个就浑身发痒。跑回家去,坐在水池里就洗澡。阿弟抢着跟我洗,我就把他挤出水池外。那时候他的个头是小的,我的个头是比他大的。

经过几天的摘桃卖桃,桃园的人就少了,孩子也少了。我总爱独身去桃园,寻找那些剩下或是没有摘完的桃。每次都是有收获的,我拿着几个又大又红的桃回家,阿弟就闹了,我就给他一个。下次他就跟着我去寻找了。我们两个像侦探似的,一前一后,他永远是跟不上我的脚步的,我就叫他快点。然后他就走快了点,但还是跟不上我的脚步。

桃园也会凄凉的。再过几天,阿弟也不去了,就只剩下我自个儿去。其实是有桃的,那个品种的桃外观看起来没什么,咬一口,桃肉是血红血红的。它有一个很别致的名字,血桃。每次咬了一口,感觉满嘴的血似的,其实没有,只是桃的肉质是血红的。我拿着回家,吃一口吓我姐,说我满嘴是血，她是害怕的。

母亲也不管我，我早早就出去玩。等玩累了，就去桃园。等到该吃饭了，就到祖母家吃饭。她们吵架了，我就去曾祖母家，或者还是桃园。我讨厌她们吵架，一吵架，我就不喜欢我家院子了。

桃园有人的时候，有我，没人的时候，也有我。快乐的时候，有我，不快乐的时候，也有我。

二

我家的桃园没有了已好几年了，我家的院子是有的，一直到现在。

我家院子的一角种了花。有时候蜜蜂来了，我就看它，蝴蝶来了，我也看它。祖母家和我家隔了一道墙。蜜蜂飞过去了，蝴蝶飞过去了，我就爬墙头过去。等墙被凿了个门，我就跑过去，把蜜蜂、蝴蝶撵到我家的院子，然后跑出院子把其他的也撵到我家里来。

母亲总让我慢点跑，我就喊着阿弟一起跑。我才不要慢点跑，我爱跑就跑了。

春天的时候，我家的院子就荒凉了。母亲捡了很多树叶子，把院子的花草都盖死了。我不喜欢她把花草盖死，我就喊着阿弟，移了好多桃树苗、草莓苗，栽到我家院子的一角。跑着跟母亲说，别让她把我的那些树苗踩了，母亲乐呵呵地答应了。我是不放心的，我还要在那些树苗外用木棍搭了小篱笆。

蜜蜂、蝴蝶看到小篱笆就不敢来了。我就扯掉，可我还是怕树苗被踩死的。

母亲一早起来去地里干活，留下阿弟和我。阿弟吵着出去玩，我就和他一起玩。我们一起去偷草莓吃，一起去移树苗，一起去溜达，就是不能一起上学。

那时候我还小，也就七八岁的样子。我背着包去上学，阿弟也跟着我，我对他大呼小叫，在院子吵了一番，母亲一把拉住阿弟，让我快点跑，我一个跟跄跌倒在地，把膝盖摔疼了，但我还是要跑的。我跑快点阿弟追不上我，就哭得昏天黑地，那时候我也难受，放学回家还给他买东

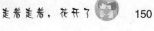

西吃。

春天有一股淡淡的香味，油菜花开了，桃花开了，梨花也开了。油菜花开的时候，我一放学就到地里摘几朵回来，夹在自己的书中，泛着淡淡的香味。我也一路捕捉蝴蝶。学校离我家不远，位于隔壁的村落，也就二里来路，我和几个小伙伴，扯掉校服一路追捕，每次都有很大成果。因为跑得快，每次我们都是前几个回到家的。

回到家母亲还没做饭，我哭着喊她回家做饭。我只记得那时候我想早点去学校，因为老师说了，不能迟到。

院子也会有春天的味道。母亲把树叶移开，就种了一些蔬菜。我家的院子其实挺大的，即便种上蔬菜，也有很大的空地。可我不愿意待在我家院子，母亲做饭我就跑到祖母家。祖母也在做饭，等做好了，我就在那里吃了。阿弟也和我一起去，一起吃饭。

那时候我还小，但我知道祖母不喜欢我母亲，我母亲也不喜欢我祖母。每次她们都在我身边说彼此的不是，我就听着，心里多少有些难受。两家的院子仅仅一墙之隔，但内心相隔的距离，比墙厚得多。记得一年中秋，祖父整了一桌子菜，就不喊我母亲，即便喊了，母亲也不会去。阿姐和我就偷偷地把那些好吃的给母亲吃，我一直以来，不知道自己到底爱谁更多一点，母亲养育了我，但我不喜欢她的吵闹，我在祖母家过着的是安静的童年。只是她们一吵架，我是谁都不爱的。

我是喜欢我家院子的，即便我不愿意承认，即便我明知道它是荒凉的。

有时候院子荒凉得让我自己都不愿意去见。春天过完，杂草就有了，长得好高的草，把树叶都掩盖了。母亲拿着锄头，不大会儿，就把整个院子收拾得干干净净。我欢喜地来回跑动，有时候跑不动了，坐在地上就想，我是喜欢青草的，只是它们长大了，我却不喜欢了。

可我是要长大的，一直想长大。长大了就可以做很多事。小时候，祖父问我长大要做什么，我欢喜着脸说，不知道。祖父就对我说，做人要有志气。我问，什么是志气，祖父说，志气就是做什么事都要把它做好。我又问，我长大了要做什么事，祖父说，做你喜欢的事。他说罢，我就想长大了。因为我想离开家,寻求一个安静的去处。

我家的院子其实用途蛮多的。正月十五过完不久,我家就热闹了。那时候正是搭大棚,育瓜苗子的日子。年后的一场瑞雪,把泥土打得湿湿的,邻居们和母亲就开始商量搭大棚的事了。

几家人一起搭大棚,我见那竹竿又粗又长,就跑着问祖母要,祖母绷着脸,我见了就害怕,就自个儿跑开了。大棚搭好了,母亲也没有喊我祖母,祖母见了母亲也不吱声,邻居见了就劝我母亲别和祖母怄气,眼下正是农忙的时候,当然也这样劝我祖母。等母亲和祖母一走,她们就说我母亲和我祖母的不是,我就躲在一旁偷听,他们是不知道的。

棚子搭好了,用白油布盖上,不过白天里面的温度还是高得让人喘不过气来。

我喜欢钻进棚子,一头进一头出,倒也自在。我总爱小心翼翼地沿着中间那条小道,半米窄,在我的小身躯看来,还是很宽的。祖母每每都告诉我,走要当心,别把那瓜苗子踩了。我是不敢有丝毫怠慢的,那会儿我总是看别人的脸,倘若笑了,我便高兴,倘若生气了,板着脸,我是一连好几天都害怕的。

还记得一次,不小心踩了瓜苗子,我见没人看见,便一把把那瓜苗子抓了去,嘴里还冲着远一点的祖母说,"看看,看看,又是空壳子。"祖母看都没看,叫我不用管它。我是高兴坏了,偷偷出去,把那踩折腰的瓜苗子埋在一旁的土里。我当时那个高兴劲,真的比现在任何时候还要开心。

有时候母亲也会和祖母一起说瓜苗子,我待在一旁,看她们俩说话。

院子总体是荒凉的。记得那会儿,我只有七八岁的样子。一样的调皮,一样的被家人呵斥,打骂。便是我那阿弟,我一见就不高兴,老是跟在我后面,可我总拿他没办法。看着他那小个头,我倒还有一种自豪。虽然我总是得不到自己想要的,我会有哭闹。哪怕父亲打我一顿,大不了,我还是蹲在大门外的石凳上,哭着,等着他们来找,不吃不喝,饿死是条好汉。可我总是饿不死,真的饿极了,或是没有来找,我总会撇着小嘴,便小心翼翼地往家里走去,但更多是畏惧。

大门里面,有一间漆黑的地窖,我每次过,都不敢正眼去看,不管白天还是晚上。晚上更不得了，我记得小时候只要我一哭，父亲便冲着我说，要把我放到地窖中，然后我就不敢哭，只能一个人待在一边的角落。所以从小到大我都不敢去哭，只是我也会偶尔躲着一个人去哭，我不管受委屈还是委屈别人，总是要哭的，可我总是一个人，便也不需要什么。

院子里有棵梧桐树，还有一棵杨槐树，一到春天就美了。杨槐树给我极大的快乐，打小它就比我粗，等我长粗了，它还比我粗。所以从小我压根爬不上去的。可因为它太粗了，所以院子里的木梯子便压在了它的身上，我也就压在了它的身上。可是父亲是不允许的，每次见我跃跃欲试，总会一顿训斥：你说说看，那地窖里是黑还是不黑。然后我就跑，一溜烟跑到地里逮蛤蟆去了。

对于那个地窖，我一直盼望着它消失，永远消失。

我是特别喜欢秋天里的院子的。四角的院，我总爱去东南角，因为那里什么都有。家里的柴火、破物便往那一搁，然后我去寻找秋天的气息。看到朽木上的木耳朵，倒比我的还要光滑，那里还有小的蘑菇。我记得有一次我发现了蘑菇，然后就坐那儿等着它长大，它像是知道我的心思，就是不长大。一天过去了，我多少些许失望，但我还是安下心来，心想可能是我吵到了它。

所以我一早回去，一早便又来了，不过那已是第二天的早上了。我冲了过去，但我是失望至极的。一晚不见，那先前白嫩嫩的蘑菇一下全身发黑，把我吓了一跳。我记不清跑去告诉的谁，只知道他告诉我，那是因为红花蛇爬到上面，把它毒黑的。从那以后，我总是怕黑的蘑菇。一直到现在，我还是不愿意去触摸，因为我怕那花花红红的大蛇。

我打小就喜欢安静。有时候父母吵了起来，我就去祖母家，母亲和祖母吵了起来，我就去曾祖母家，她家的院子也有黑的蘑菇，我一旁躲开，等到我家院子安静了，我才回家。有时候我也不回家，很黑很黑的，我就是让他们找不到。

母亲也着急，就到处喊我。我就笑了，反正我是不想吃饭的。我很小的时候，就我自己玩，等我七八岁了，就和阿弟一起玩了。我会有时候喜欢和他玩，有时候不喜欢和他玩的。反正他比我小，我就打他，有时还骂他。

母亲听我骂人,就骂我,我就跑,而且跑了很远。然后我就藏起来,兴许连小狗也不知道我的藏身之处的,除非它看到了我。小鸟是知道我的藏身之地的,因为我藏在了房顶上。

我跑出屋子,趴在窗户上就爬,好在母亲还没出屋,等使了一会劲就爬上去了,我就趴下,母亲一出屋,看不到我就骂我,我在屋顶上使劲地笑,捂住嘴的那种,身子蜷缩着不让她看到。等一会儿,我探头看看她还看我没有,结果就看到了她的眼睛了。

母亲让我下来,我不下,就去喊我父亲,她喊的时候我就下来了,我一下来就又跑了,但我是跑不远的。我就跑到祖母家,然后在祖母家吃饭,父亲有时候也在那里,有时候不在。祖母给我盛饭,问我,"你母亲是不是又吵你了?"我就点头。她问我为啥,我就摇头。她说,"你母亲就是事多,真是的!"我就不高兴地吃饭,一直不高兴。我不喜欢我母亲老是说我,但我也不喜欢祖母老是说她的。

我不高兴地回家了,反正有木耳朵玩,反正我还可以偷爬到屋顶上玩。

家里的院子有时候也会安静下来。一到黑,阿弟也不哭,院子就安静了。蟋蟀的声音是吵闹的,狗吠声不绝如缕,有时候月亮也会被吵醒,睁大眼睛照得大地暗暗发黄。家里的水缸就有了它的倒影,随风摇摆着,给夜色添了一股仙气。

水缸里的水没有也是极好的,我倒不在乎有没有那股仙气。母亲说阿弟那天爬到水缸里睡着了,我听了惊恐,也还暗喜水缸没水是好的。我就骂他让人不省心,随随便便梦游,家人是担心的。以至每次我都要看看水缸里有水没有。

他梦游也不是一回两回了。母亲说阿弟,有一次半夜起来摇门,起初母亲以为他是去小解,等听到摇门声,才发现是阿弟摇的。第二天一早,母亲问阿弟为什么摇门,阿弟一脸惊奇,说没有!母亲就知道他又梦游了。

母亲说的时候是带着微笑的,阿弟一脸无奈,我倒不知所措。我问母亲，"人为什么会梦游？阿弟梦游跑了怎么办？"母亲依然笑着说，"哪能有这事。"我就哭丧着脸，老久地想这事，阿弟跑了怎么办。我虽然讨厌他的哭闹，可我是要和他玩的。一直到现在，我都担心他梦游，只是老久没听说了，倒安下了心。

院子到了深秋，就落满了叶子。小时候，听人背"一叶落而知天下秋"，我只明白是秋天到了。

祖母家的梧桐树叶，一个趔趄，别了枝头，悠然顺过隔墙，跌落在我家的院子里。它一落下来，我就去捡，拿它当扇子，阿弟就跟我抢，我把最大的给他，剩下的留给自己。

祖母隔着墙头，喊我过去吃饭。有门的时候，我"嗖"的一声飞奔了去，等门被堵上，我就爬墙头过去，等门再被凿开，我还是飞奔过去。

三

我家的院子是荒凉的。雪花染白了院子的每一个角落，也带着寒风刺伤了每个角落。

那纯洁的雪花，似乎随意映衬孤独的院角，阳光过后，不曾留有任何记号。

阿弟一天天长大，我也一天天长大，可母亲与祖母的争吵却是无休止的。

我跑出屋子暴躁地叫她们别再吵了。她们还是吵，前后的邻居劝说，她们让我拉我母亲回家，我就拉着母亲，母亲就对我说着祖母的不是，我就说着祖母的是。母亲就骂我向着祖母说话，我就告诉她，我谁都不向，她有不是也有是。

晚上母亲不做饭，父亲也不待在家里，我和阿姐、阿弟就跑到祖母家吃饭，祖母就问我们今天吵架是谁的错。我们低下头，也不说话。祖母见我们不说话，也就不说什么。她让我端饭给曾祖母送去，我就去了。冬天的时候，天是冷的，饭菜笼罩在寒气之中，不大会就凉了。

母亲在我十二岁那年就外出打工了，那时候阿弟也才七岁，留下我和阿姐、阿弟跟着我祖母。桃园没有了，我的桃树苗也没有了。祖母在桃园建了房子，我们就搬到新房子里住了。

阿弟哭着要母亲，我就拿自己拾到的钱给他买东西吃。他要去跟其他小孩打架，我就打他。他一不爱上学，我就拉着他去，可我是拉不动的。

有时候我常想，我长大了是要离开这个家的，我不喜欢吵闹，我是喜欢安静的。

阿弟刚上学的时候，母亲也在家，她让我带阿弟上学，我就带他。他是极不喜欢上学的，我拉不动他就去背他。这似乎成了他一种习惯，我的一处责任。每次只要他有哭喊，或走路走不动，就让我背。我不背他就不上学，我是最怕他不去上学的，因为我还有作业要写。所以我就背他，一直背着，我家离学校二里来路，来来回回，我却不知背了多长的路了。或许这早已成为我心中的依恋，长大了才发现心灵的依恋原来都是在磕磕碰碰中才能长久的。

母亲离开家，我就长大了，我是不哭的，也不说话。阿弟哭得很伤心，追了母亲好一段路，我也就撵他好一段路，等他跑累了，我就背他回家。

祖母见阿弟一直哭，就板着脸骂他，等骂够了，就给我钱去给他买东西吃。我不知道为什么人总爱把自己的情感伪装，我躺在被窝里庆幸母亲走了就没人对自己唠叨了，可更多是一种不舍，我故意放大自己的厌恶，我捂住耳朵不去听她们收拾东西的声音，不去听她们临走前的嘱托。在家要好好的，当然要好好的。

冬天过完，春天又来了。我家的院子却真的荒凉了。因为没人常去，院子就荒败了。自第二年，我就去城里上学去了。在学校我是常常哭的，我一直打电话要回家。那时候我特别想长大，因为长大了我就可以一直和阿弟一起，一直待在家里了。每次从学校回家，我总爱去前屋的院子。院子满是杂草，因为没人打理，树根也钻进屋里，像一条有剧毒的小蛇，吞噬着房屋的内心。

院子铺满了落叶，一层紧贴着一层，随时间腐败，最后消失于泥土之中。祖母也在前屋院子里种了菜，冬天种的大白菜，因为没人吃，堆积如山，还好一过春，黄瓜开了花，番茄结了果，是会有蜜蜂飞来，蝴蝶飞来的，它们似乎愁着脸看我。这院子而今是属于它们的，我自然急得心里七上八下。我打道走，脚步愈发轻盈，谁让而今我偏偏成了他们的过客呢。

阿弟在家过得不好，告诉母亲，说祖母不疼他。母亲就跟我外祖母说，外祖母就跟我说。她说，你祖母是不疼你阿弟的，连个鸡蛋也舍不得给他吃。我听着难受，却不知该怎么办，就只能是听着。我唯一能做的就是放假回家给他买东西吃，自然他是高兴的，我也高兴着。

我家的院子真的是荒凉了，房屋破败得不成样子。

老屋一不住人就败得紧。春夏秋冬肆意着，满屋里到处都是灰尘，还有蜘蛛网，密密麻麻的。

从小听人说，老屋是根，有家的孤独。我总爱独个儿到屋里来，独个儿发呆，看那从屋顶长下来的树根，我是害怕的，但总感觉屋子是自己的，是最美的回忆。我讨厌这份美好的回忆，可我却不能不去回忆。即便我的心思是空的，院子里再不安静，祖母和母亲的关系再不好，母亲再唠叨，我总是要回忆的。这院子是荒凉的，也是最美的。

记得小时候发大水，水就浸到屋子里去了。父亲在门外打了很高的坎，我就踩上去，阿弟也踩。父亲一见就吆喝我们走开，那时候我是不听话的，阿弟也不听话，就阿姐听话，她听话我和阿弟就和她打架。父亲见我们还踩上去，就有些恼了，我和阿弟就跑了。

我在老屋跟父亲说出去玩，他是不放心的，他说不能玩水洗澡。我心里正想着去洗澡，就漫不经心地答应了。父亲一让我出门，我飞快地和小伙伴一起去洗澡了。洗得正高兴的时候，父亲就来了，我一见，也顾不上穿衣服，撒腿就跑，父亲就在后面追我，他硬是追不上我，我还回头看看他，心里甭提有多高兴了，但也是害怕的。父亲对我穷追不舍，我跑回家里，就往屋顶上爬，他也爬，我就被抓住了。我被抓住就挨了一顿打，打得我满地跑，一连好几天都不敢和他说话。母亲先是数落我、骂我，之后就安慰我，我就不流泪了。我爬到屋顶上躺着，母亲喊我吃饭，我说不吃，她还是喊我，我还说不吃。她就不喊我了，我却想吃饭了。我以为我是有委屈的,我就不吃饭,可我是没有委屈可言的,这是母亲说的。

阿姐上学的时候,我好生羡慕她,等她能写字了,我也就上学了。我把自己的名字总是写错,总把"帅"字写成"师"。阿姐就笑,我就不高兴着,我说你给我写一个看看,她一写就写对了,我就不说话了。阿弟和阿姐打起来,我就帮着阿弟,有时候我们打不过她,就"笔墨伺候",我在屋里的墙上用毛笔写到"某某是大坏蛋""某帅是大好人",可"帅"字还是被写成了"师"。父亲干活一回家,看到白灰墙上的字,就很是生气,阿姐告状说是我写的,我不免又挨了一顿打。

我挨打也不哭,就爬到屋上,也不说话,就躺在上面。

不知道老屋见证了我挨了多少次打。它一破败,我的心思空了,仿佛挨打是难受的,让我记住的全是疼痛。屋里我写的字还是有的,足足存在了十几年了,屋顶还是有的,只是而今的我稍不费力,就爬上去了。家人却离开了这个屋子,我也离开了,阿弟近几年也外出打工去了。很长一段时间,我只能独自凝望遐想。儿时的快乐与否,而今的存在与否,我都不愿意再去想着离开家。

我到皖南上大学已有两年了,清楚地记得,作别故乡的思念和离开家的不舍。我十二岁时,家人就去南方的城市打工,阿弟近几年也去了,把我留在了祖母家。祖母待我是好的,我心里明白。母亲和外祖母常常给我说祖母的不是,我知道她们每个人内心都是好的,我也知道她们说这些的原因,这也是我要写下这些文字的秘密。固然以前是苦的,但而今是一片光明的生活。每逢春节,一大家子人在一起过年,虽然年淡了味,但亲情是极好的。这不正是真正意义上的生活吗?

在皖南这段日子里,我也变得愈发成熟。每逢夜深人静,我总爱在窗口遐想,亲情是这个世界上最美妙的存在。我忘不了对逝去人的怀念,这让我变得愈发珍惜;忘不了当初的渴望与执着,所以才坚持要写这些文字。痛定思痛,或许是一种心情,但愈发珍惜会成为一种感动的。

高考复读的时候,有一段日子是极为艰难的。在那段人生茫然的日子,阳台成了我最美妙的去处。秋逢着光秃秃的树干,冬含蓄着多愁的雪花，当真落雪融尽，满是新鲜青绿。家里有人曾对我说，生命的逝去，却也是生命的赐予。人这一辈子不能不相信命，但也不能全相信命。我纵然不会全相信，但我却把亲情沉淀于命运中。

我家的院子是荒凉的，房屋作为院子的心，也荒凉了。可我的心却不曾有过荒凉。

我不曾用文字描述人的好，更不愿评判人的过。在我已过的生活里，小时候的叛逆，长大的孤独，而今成熟之后的感动，不经意间，失去太多。这逝去已不可寻得，但日子还长，却给了我珍惜的忠告。

半路人，半路人，我定还有一半的路要与你一起走。

四

我刚出生的时候，曾祖母就已经很老了，头上布满了白发，眼睛也不好使了。等我稍微大点懂事，她更老了，弯着腰，直是直不起来的。等我出去上学，她就死了，死的前几年，头发全白了，腰弯得不成样子，手里拄着拐杖。

她老了，她家的院子也老了。活着的时候，祖父们给她修了屋顶，等死了，屋顶坍塌只剩下房梁，在天空中沉浸着，显得格外凄清。

曾祖母一辈子养育了八个孩子，三个是儿子。我祖父是她最大的儿子，我父亲是她最大的孙子，我是她最大的曾孙。

我五六岁的时候，曾祖父还在，等我七八岁的时候，他就死了。我对他的印象模糊，只记得他时常是绷着脸的，一绷脸，满脸皱纹让我看了害怕，所以我总是故意躲开的。待我稍微大点，胆子也大了，就跑到他那里，跟他要吃的，他收起严肃就给我糖果吃，我吃着是高兴的。

曾祖父在我很小的时候就去世了，他去世的时候，那天是下着雨的，家里为他请了喇叭班子，有唱有跳的，我见了有些诧异，台下的乡亲都仰头高兴地看着表演，全然不顾内心的悲伤，我就悲伤着，我才不理人固有一死之说呢。

曾祖父死了，院子就只剩下曾祖母了。院子只剩下曾祖母，就更冷清了。

有时候麻雀来了，我就拿着弹弓去打，有时候下雪了，我就急着堆雪人，可我从来是没有堆成的。

曾祖母一老就变得唠叨，但还是没我母亲唠叨。曾祖母一唠叨，家里人都不喜欢她，说她事多，他们让我给她送饭，我就去送。

祖母每次谈着曾祖母都不高兴，她说她年轻的时候是时常受气的，分家的时候，基本什么都没有，那时候曾祖父是一家之长，我祖父怕他，一直到他死。

那时候年年下大雪，冬天也冷得出奇，我就听他们说这说那，等做好饭，我就给曾祖母送饭。

我一到她家院子，就高兴着。院中央的小枣树，被厚厚的雪压得吱吱响，每次我打那过，就用脚往那小躯干上猛踹两下，然后撒腿就跑，厚厚的雪从树枝上跌落下来，比冬天任何的雪都大。

阿弟一跟着我，他是倒霉的。骗他和我一起到树下，我猛地踹几下枣树就跑，他还没反应过来，就满身的白雪了。我一看就笑，他就哭着脸，非得让我到树下去，我跑着他追不上，他就不跟着我了。

我在曾祖母家的椅子上坐着，手里还拿着雪球，她见了就说是冷的，我也不在意，就还在玩。我记得曾祖父是不怕冷的，一到冬天，他就穿了个木屐，走路也不打滑，远远听见响声，就知道他来了。我就问他可暖和，他说暖和得紧，里面添了很多干草，也有破棉絮。

我家也是有的，我一见曾祖父穿我就穿，他穿大的，我穿小的，小的也大，就放了很多干草。走起路来当当地响，威风得紧。

这一穿却还是冷的，不过长高了许多，我问他是不是长高了，他也不说话，就直接走回家了。我沿着他的脚印也跟着走，他往南拐，我往北拐，他到家了，我也到家了。

再过两年，他就不下床了，冬天也不穿木屐了，人不久也去逝了。

院子里剩下曾祖母，还有春夏秋冬。

我家院子总是吵闹的，曾祖母家的院子是安静的。

祖母和母亲吵起来，我就躲到那里。我常常躲着，一天也不出来。

曾祖母那时候七十多岁了，皱纹满脸挂着，她见我来就给我吃的，我倒也愿意去吃。

她说她腰疼得难受，我看着也难受，她说儿子不孝顺，我就一旁发呆，我也不知道我祖父孝顺不孝顺。

只听的祖母说曾祖母年轻的时候对她不好，一点都不好。我小时候有一次见曾祖父脸上有伤，我母亲把他搀到我家给他做饭吃，之后才知道，曾祖父和曾祖母吵架了，那伤便是吵架的证据。那时候曾祖父是更老的，走路都快成问题了。

所以我常常想，曾祖母也是不好的。她打我曾祖父，就是不好的。等我发现祖母对她不好，我就难受着，我又认为她们都是好的，吵架是正常的事情。反正她们都对我好，我却不知道怎么说她们的不好。

飞鸟常常也躲在曾祖母家的院子。她家院子不仅有我爱的那颗枣树，而且还长了几颗梧桐树，那梧桐树是比我大的，打我记事，它就有了。因为冷清，院子里的小动物就多了。那些搬家的蚂蚁，它们来来回回走着，就是不理我，我一恼也不理它们，我看到野猫在朽木间来回蹿动，就追它，它见了我害怕，喵喵地跑开了，我看到小鸟在梧桐树上搭了窝，就拿着弹弓，瞄准去打，可总是打不下来，那对鸟父母，在树枝上不断的叽喳，仿佛在嘲笑我。

曾祖母见我调皮，就不让我打鸟窝，我问为什么，她说打鸟窝是不好的。我当时不知道为什么不好，就又拿着弹弓打了起来，待把鸟窝打下来，发现鸟蛋都被打烂了。烂了我也不高兴，只听的那对鸟父母还是不停地叫着，一连几天，老是在梧桐树上徘徊。等再过两天，就也听不到鸟叫了。

曾祖母是对的，等我上了初中，父母离开我去打工，我也难受，我父母见不到我，我知道他们也是难受的。曾祖母死了，我也难受的。

那时候我偏爱到曾祖母家的院子，我总是偷偷地去，因为阿弟总是跟着我的。我在那一坐就是好长时间，屋里阴森森的，我看着也不害怕。

曾祖母问我上几年级了，我说三年级了，她又说上学是好的。我听着别扭，或许她没有上过学，是这样想的。那时候我正处于厌学期，上课是不敢回答问题的。

她有时候自己做饭，我就帮她抱些柴，帮她生火。我知道她是高兴的，她笑起来很是天真，满脸的皱纹，别人看了害怕，我却不会害怕的。或许我也会害怕，但总能找到不害怕的理由，因为她是我曾祖母。

曾祖母也是唠叨的，我听着也不高兴，也是极为讨厌的。但那种讨厌却不是发自内心的。

我时常想，人老了我们晚辈自然要去宽容她，即便她再不是或者你再讨厌。

虽然那时候我还小，但已经上五年级了。祖母还是让我给曾祖母送饭，我自然要去。待我从家走过去，就看到曾祖母坐在地上，我还没说话，她就骂了起来，说什么送饭送晚了想要饿死她，而且骂得是极为难听的。我听了不知怎么一股怒火冲了上来，直接把碗一甩就走了。

曾祖母没再去骂人，我是哭着回家的。我不喜欢别人骂我家任何人，更不能接受亲人间的谩骂。我一直憧憬的安静却像冰雨一样把我的内心打伤。或许曾祖母不知道，对于我来说她家的院子是重要的，她也是重要的。

打那以后很长一段时间我是自责的，我认为不该对曾祖母发脾气，她是老了，她是对我好的。一直到现在，我对这件事都感到愧疚。

也因为这件事，我很长一段时间没去过曾祖母家里，但我想去的。过年的时候，我们一群曾孙给她老人家拜年，我自然也去，也给她叩头。她也高兴着。曾祖母问我学习成绩怎么样，我说一般，她就说让我好好学习考大学。我听了是极为难受的，所有的自责瞬间涌来。这是我生平第一次听她那么说，虽说也是最后一次。我时常想，为什么她会那么说，在我的认知范围，她应该只会抱怨生活的艰辛，腿疼得难受，儿子的不孝。

这或许早已成为美的念想。

只有失去的时候，心才会痛的，才会愈发歇斯底里。

我在家过了二十几年了，曾祖母在家过了八十几年。她死的时候，我才有十二岁。那时候不是雪天，我倒希望下一场雪，带走她纯洁的灵魂，以及我对她的回忆。别人都说天命难违，又是十年的雪，铺满她那残存的院角，赋予生活的真谛，洗礼孤独的灵魂。那时候我不懂，以为生老病死，就是告别。现在我懂了，原来离开的那一瞬间，灵魂是孤独的，注定要有一个人承担慰藉。

我或许是那个能给她慰藉的人，因为她成了我美好的回忆。

曾祖母死了，真的死了。

老人常说，人死是不能复生的。院子里的枣树没了，房顶坍塌了一半，我自打那走就难受着。曾祖母死了，死的时候，我一滴眼泪也没落下。春天的时候，院子的杂草也发出新芽，枣树的根处又有了小枣树，连着老根，在春风中摇曳着。院子外挡满了篱笆，上了一把锁，把我的心也锁起来了。我的心没了去处，再也不安静了。曾祖母在的时候，她家的院子是安静的，我把心中的烦恼寄托于院子的宁静，哪怕一抔泥土，一寸杂草，一声鸟鸣。那片心灵的净土，注定成为过往的慰藉。风停了，雨来了，秋天走了，冬天来了。好大一场雪，铺满整个院角，透过坍塌的屋顶，飘落在屋里，不忍在故居融化，当阳光照来的时候，却又不得不融化，化作甘露，浸润心灵。曾祖母死了，死的时候我没落一滴眼泪。我常常想，眼泪到底是做什么用的，活着的时候，可以欢喜地流泪，等死了，却不愿流泪了。或许因为我长大了，懂得了眼泪是解决不了问题的，再或许因为我还幼稚，不懂得离别时的脆弱和孤独。但一切终归会化为回忆，一生执着。

院子是有的，只是人不在了，人不在了，院子也就没有了。曾祖母活着的时候我惹她生气，她死了我却不能原谅自己，即便她已经原谅了我。但我是会给她祝福的，就像她对我充满祝福一样。

院子里曾留有欢声笑语，也有泪眼蒙胧，曾祖母死了，我一滴眼泪也没落下，我可能甚至庆幸她的离去。她老了，八十多岁了，家人是烦的；她快不能走路了，腿脚疼得刺心，我是难受的；她吃不了多少饭，半夜也会醒来，常常疼得哭了，我是知道的。或许她走了，是一种幸福，可带给我的，却是无尽的思念。

而今我阔别故乡，满载初春的祝福，却总是半路的执着，前半生我可以遇到自己的留恋，后半生便是对一辈子的执着。这执着我想就是我对半路人的慰藉，也是对曾祖母的慰藉。

曾祖母问我，上几年级了。我调皮地回答，初一了。曾祖母拉着皱纹笑了起来，你可要好好学习啊！将来考上大学。我听了难受，叹了口气。

五

新院子就是祖母盖的新屋，我跟着祖母早早地搬了过来。等我叔结婚，也还是在那住下了。

院子总是美的，里面长了几颗柿子树、李子树，还有一颗桃树。那桃树打小就在我家发芽长大，几年的时间早也开了花。新院子是在桃园的地上盖的，我总以为那颗桃树是桃园的灵魂，它在向我招手，哪怕筋疲力尽。

我自到城里上学，几个星期回家一次，等我上大学，几个月回家一次。新院子里有我爱的人，也有我以后的故事，更多是生活的真谛。

母亲打工过年回家，也是在新院子里吃饭，这么多年了总有家的温馨。母亲和祖母一起包饺子，我看着高兴，赶上冬末初春，新芽嫩绿，心入丛中。

叔家生了个小妹，小妹有一个二十多岁的大哥。我时常想，她长大了，我却老了。

忍不住总是想念小妹，给她打电话问候，从她不会说话到能叫声大哥，我不知道打了多少电话。

祖父老了，祖母也老了，吃肉的年岁了，却依然忙着农活。母亲也有了白发，父亲也蓄有皱纹，却不得不外出做工。

新院子是美的，我曾尝试着怎样留住春天的美丽，可是一年到头，却发现最美的却是冬天。因为冬天家人才能团聚。

生活里有了心灵的靠近，却出现了距离的远近。

可新院子总是美的。

我打电话回家，祖母交代我几句，我就和小妹说话。我问她在家可听话，她说听话，我说真的假的，她说真的。等我再要和她说话，她就不耐烦了，吵着要挂电话，我不挂她说我是小气鬼。我在电话一头笑翻了。对于两岁的小妹来说，她是极为聪明的，我教她背唐诗，没几遍她就能顺上口。"锄禾日当午"，该你了小妹，"汗滴禾下土，谁知盘中餐，粒粒皆辛苦"。一旁的我笑了。

我总认为新院子里寄托了我的太多情感，不管是现在的还是以后的。老院子破败了，也把我的心思掏空了。我把整个年少的回忆放在老院子里，即便我知道是吵闹的，即便我是不喜欢的。

新院子没建的时候，桃园是给我极大快乐的。十几个小伙伴一起玩，一起移树苗。新院子还没建好，阿弟就跑着到里面吸烟，我也学会了吸烟，甚至不曾厌恶过。新院子建好了，小叔结婚了，有了小妹，院子一下子热闹起来。祖母这两年在院子里种了几棵葡萄树，但还没到结果子的时候。

我上大学回家，直奔新院子，小妹在楼上睡觉，我就跑去喊她，她见了我就叫哥哥，我抱起她，她就乐了。等稍微安顿，我也到老屋看看，祖母说我每次一回家定要到老屋院子里去，我笑着回说，我要去看看。祖母说没什么看头了，这几年屋顶的瓦片都烂掉了。我不言，只是走了去。

阿弟在外地打工，每次回家，也奔到新院子。祖母忙前忙后地做饭，炊烟袅袅，直入云霄。

阿弟在家不怎么说话，我就吵他，我只是怕他的缄默打破我心里的梦。

我常常想，新院子带给我什么？答案总是唯一的，带给我念想，甚至难得的和谐。

阿姐跟着父母也是在外地打工的，一晃七八年了。七八年里，我从幼稚变得成熟，家里也盖了新房子，阿弟也长大了，仿佛又回到了七八年前，我听到父母要去打工，死都不肯起床，阿弟跑着去追母亲，哭得眼睛发红，阿姐也不上学，第二年便就去打工了。

等阿姐陪着母亲回家，首先也是到新院子里去。我一见她们回家也高兴，但也不知道说些什么。祖母上前拿了箱子，我也去拿。小妹见过我母亲，她是极聪明的孩子，一见我母亲就喊"大大"，惹得一家人都笑了。

新院子是美的。祖母种下的那几颗柿子树和李子树每年都会结许多果子的。等我一回家,也不管熟没熟,就摘了吃。祖母吵我等熟了才好吃,我总是笑着回说,我又等不到那时候。祖母也做柿饼,挂在院子的柿子树上,我见了忍不住流下许多口水,等我第二天回学校,柿饼基本上也让我吃得差不多了。祖母说我能吃,什么都吃,也是,不管什么东西,我毫无忌讳地去吃,我没有那种敢与不敢,没有那种不让吃就不吃。我知道,新院子承载了我的太多念想。

小妹是可爱的。她刚来到我家,家里的人高兴得很。她打小不怎么哭,祖母抱着她,我来哄她,她就笑。因为不怎么哭,家人也没有因为哭闹烦恼过,倒是她一声不响,大便过后,我闻了有臭味,就知道大事不好,就把她推给了我祖母。祖母故意吵她,她呵呵地乐个不停。我在学校的时候,同学告诉我,说她小时候也不哭,等长大了,就特别调皮,以至现在成了家人最放心不下的孩子。我扑哧笑着,心想我小妹或许也是这样。

到底是那样的,她长到两岁就调皮得不行。她在家的时候,总爱一个人找乐子,走来走去,我倒羡慕那种美妙。看她开心便是极好的,往往离家前几天,我便都在看护她,她哭闹是不可的,不然说什么我也会难受着。

六

我的心不曾老过。

曾祖母死了,母亲外出打工了,祖母在新院子里带着小妹,我坐上火车去皖南上大学。每停留在一个地方,我总不敢把情感深深凝固。母亲在的城市,我一直是讨厌的,其实我不该去讨厌,最起码就是那个城市,让我提起来高兴,想起来忧伤,也给过我无尽的幸福。我初三的时候去过一次,带了一本书回了老家,那本书叫《希腊神话》。曾祖母死了家人把她和曾祖父埋在一起,每次我去地里的时候,远远望去,一座坟头,突兀于空旷的地里,打眼四周满是树。我不曾在坟头前烧纸叩头,甚至不肯去靠近那埋葬的灵魂,似乎越不愿靠近,越是心灵的毗邻。兴许就是这样的。祖母带小妹长到两岁多了，我常常想小妹是幸福的，祖母把心给了她，我也把心给了她。

西关会没有了，桃园没有了，院子还是有的，但却也荒凉了。小时候赶西关会，从没想过有一天它会消失，所以不曾做过任何面对它消失的准备。当突然某一天朋友告诉我说它没有了，即便我停留在他乡赶不去西关会，即便我今后生活在异地一步也踏不回故乡，总该留下泪水的。不仅是消失的不舍，更多是曾经的感动。桃园在我还没长大的时候就消失了，我的心思为它空过，很长一段时间，黯黯伤怀，不能自拔。有人说，任何事物的逝去，都是它本身的选择。虽然没了桃园，却给了我喜爱吃桃的习性。我家有两个院子，老院子是荒凉的，新院子是美丽的，它们都成了我前半生的回忆。

我离家去皖南上大学，来来回回，看人来人往，其实总有一个牵挂——那位于皖北的故乡。我似乎理解了夜不能寐的那种孤独，恨不能带走一股乡愁。所以回忆里的院子是荒凉的，但也是最美的。

这算是一种执着吗？

过去丢了太多，将来却可以找到美好的念想。

人啊！或许早已把心思变成了半路人的狂喜。

你的到来

一

我没敢逃课,那时候在上高复。高复的冬天显得格外单调,背英语单词,背文言文,埋头做理科试卷。一下课,人头攒动,走着跑着,跑着走着,赶着吃饭。下雪天,没人打雪仗,也没人堆雪人。

要是有竹子就好了,竹叶上铺满雪花,银装素裹。要是把我寄放到冬天的怀抱,我似乎不会拒绝,甚至要学会感恩。操场很小,我看它就想起了我有一次跑了三十圈的那种魄力,现在想想简直能累死。

我从祖母嘴里,知道了你将要来到。男孩女孩? 女孩子。哦,我有了个小妹。

冬天出生的孩子,是伴着雪花来到这个世界的。他们共同来自世界最奇妙的地方。那是爱神送给这个世界上的宽恕,因为你们的到来,原谅了这个世界的邪恶与欲望,也原谅了我的孤独和对这个世界的自私。

像冬天里的飘雪,随风飞舞,最后滋润那片艰辛的土地;像冬天喜庆的彩纸,装扮出欢庆的气息;像冬天生火的炉,唱出一道道温暖的火焰;像雪地里的脚印,用纯洁讲述悄悄走来的秘密。

二

我和祖母去电话,然后她说,你妹妹出生了。

"哦",我知道这个"哦"字的含义,喜悦,高兴,乐的要死,飞奔回家……这一切只能藏在这个字里。因为我还有两个星期才能放假回家。

假如给冬天一个守候,我向往的是那种略带冰雪交融的年候,听风冷得刺骨,看雨寒得执着,还有在远方的一个牵挂。就像那时候的我,你来了我没见你，心里却满满都是你。我甚至从没想过会有这么一件快乐的事，多好，我一直很满足。

甚至有时候会狂喜，冬天的风经不住我欢乐的诱惑，硬是一连飘了几天雪。冬天的小草不是常有的，不，我要告诉你，在我们家乡，冬天最青绿的是麦苗，你喝的汤里有它，吃的饭里有它。你会明白的，从一开始我就这么认为，你来到我家是有责任的。

三

我比你大二十岁，在你没有出生的时候，我就开始计算。祖母告诉我，到你妹二十岁时，你就老了。我一旁听着，笑了。然后你给别人介绍我，这是我大哥哥。别人很是惊讶，哪有这么老的大哥，确定不是大爷？

我猜想你一定会笑，笑得还很快乐。并且不忘调侃我一句，大爷有这么年轻么？我在旁边，肯定无语。

四

就像一场梦，梦里也掩饰不了我的喜悦。有一天突然梦到自己回家，门口站着一个小矮人，我很惊讶，那是谁？醒来回想，才发现那是我梦里的你。头发都长长了，都能走路了，并且笑得那么开心。我相信梦是可以延伸给未来的，并且在这个太过魔幻的潜意识里，像我这样，给你写的这封奇思妙想的信，你可能都不会理解，但那种喜悦是由衷的。

我终于回家了，急急忙忙回去的。来到家却不敢靠近你，我最怕你对我的第一印象不好。怕把你吓哭，我那么高那么壮。怕你记不住我的柔情，四只眼有什么好看。怕襁褓中的你，突然撒腿就跑，不留一丁点痕迹。

还好你的记忆只留在浅处，就像鱼儿的记忆一样，只有七秒。我猜是这样，不然你怎么闭着眼，看都不看我一眼，只知道吃，只知道睡，只知道看天花板。

五

你的到来，家里人都很高兴。我也跑去看看，这小妮子长得还真可爱！很多人夸你好看，我就在那里看你。我问祖母，你看她的脸真红，眼都睁不开。还好看，祖母一脸无语，你小时候也是这样。

我小时候哪样我不知道，对别人小时候指指点点我却很在行。看你的小鼻子，没睁开的眼睛，小手，还有没长头发的头……

很多关于你的问题我却拿来问祖母，或许这也是我对这个世界的好奇，对你的解密。

我知道你在襁褓里非常开心，有时候你也盯着人看，一直盯着。用弗洛伊德的理论说，那是你对这个世界的认知。你在打量这个世界，看人的笑容，牙齿，黑色的头发，丰富的肢体语言，甚至贴在牙齿的菜叶。这些对于你来说是那么奇妙，而你就是我在这个世界上认为的最奇妙之处。

六

对于给你起名字问题，你爸爸曾经问我，说我是家里的第一个大学生，让我帮忙想个名字。我一向对成语偏爱，大智若愚，那就叫若愚，娴于辞令，那就叫令娴。对于我说的名字，家人听都没听过，自然过不了关。他们叫你果果，我听着感觉是那么亲切。

果果，果果，我是你大哥哥。果果，果果，我是比你大二十岁的大哥哥。

果果你知道么，你来到这个世界，是上帝赐给我最美好的礼物。我时常在远方想你想得难以入睡。朋友说我太痴迷。我很惊讶，因为他们根本不懂，他们只看到我对你的想念，却看不到深层的寄托。多好，像这样的心思，我可以用文字记下，将来你长大了，也许你会明白，也许你会因此充满微笑，可以笑对人生。

皖南这边老是有雨下，每逢出门在外，一场桂花，一场秋雨，都可以给我一丝牵挂。我从书本里读到，当你着重于某件事情时，一切都是你可以通往这件事情的媒介。尚且不说为什么，对于偏爱唯心主义的我，对事物是有新的看法。一花一世界，一树一菩提，也可能归根结底，这个世界只有一朵花，菩提仅仅存在于一棵佛树。

七

果果，从你出生的那一天到现在，我的世界都是明亮的。在你没出生之前，我的世界也是明亮的，只是少了你的那份。

屋里的床上，你在睡觉，外面很吵。你一动不动的，安静地睡着，仿佛你要跟这个嘈杂的世界划清界限。我看着你，心中一阵喜悦。我感谢上天对我的眷顾，感谢自己可以真正把爱来诠释。

我们家屋檐有一对燕子。我总以为它们的选择，是与我们的缘分。事物是竞相成长的，燕子在我们家，既是它们选择了我们，也是我们选择了它们。你的到来，给了我美妙的感受。你为什么会哭，为什么会笑，为什么在我睁开眼的时候，是那么明亮。我从你的小躯体里，看到了亲情，看到了和谐，看到了爱的归宿。

八

果果，这封信是我看到你第一眼时，要写的文字。虽然时隔三年之久，但我相信，有些场景画面，我会一辈子铭记。

或许我本该停下笔，躺下睡觉，做个好梦。

你的世界

一

对于我对这个世界的理解，从一出生我就认为我得到了上天的眷顾。我是个无神论者，却相信上天的眷顾。果果，别去在意它的矛盾之处。我懂不了你的小手为什么一直去抓我的眼镜，我懂不了你从只会笑，到会说一个字，再到能喊大哥哥，并且可以和我聊上几分钟。这些都是奇妙的。一个生命的孕育到成长乃至一个内心世界的产生，不都是上天赐予的吗？

果果，你的小手是那么可爱。你在还不会走路的时候，祖母抱着你，我就在一旁使劲地逗你笑，你笑起来是那么甜美。我会对祖母说，你看她现在长四颗牙了。你会给我来个不经意，一下子抓住我的镜框，死活不肯松开，直到把它全部拿在手里。我用玩具跟你来换，你看到玩具，一手把镜框松开，掉在地上。

果果，你的小手是那么可爱。当你会走路的时候，你会伸出你的小手让我来牵。我把你的小手放在我的大手里，就像我突然抓住空气那般轻柔。我不敢松开，我怕你会跌倒，我不敢使劲，我怕把你弄疼。你看着我走路的姿态，一个劲地笑。哦，是这样的！我因为怕把你弄疼，非得低着头，跟着你一起走路。

如果手能撑起一片天空，你看你的那双小手，撑起的是爱，是情，是感动，是我对这个世界的理解，是一种情感的归属，是所有半路人共同走过的见证，是上天对你的眷顾。果果，哪怕今天你流泪了，你用小手擦拭眼泪，你会明白的，它叫慰藉。

你说的第一个词是"奶奶"，我知道我在外上学，有很长一段时间接触不到你，自然我能理解为什么。祖母把你捧到手心，像孤山的雪莲。

果果，你知道吗？我之前给你打电话，你一句话也不说。祖母告诉我，说你只是拿着电话去听，不愿松开。在你长到一岁的时候，祖母在旁边叫你说话，快叫哥哥，你哥哥在外上学呢！快叫哥哥啊！你还是不叫，祖母之后告诉我，说你已经学会了，你是不好意思来叫，还比较害羞。我听着感觉好笑。你害羞，该是多么可爱。

大学第一年寒假回家，刚回来见到你还在睡觉。我问祖母，果果还会记得我吗？都快半年没见了。祖母笑着安慰我，当然记得，她时常没事的时候，还会喊哥哥呢！哦，她喊哥哥的时候，一定也会想到我也在喊她吧！我在高复时对同学说，我有个小妹，她非常可爱，从不哭从不闹就喜欢笑。我在大学时对同学说，我有个小妹，她小的时候不哭不闹，大点的时候，不哭但非常闹腾，一个人自娱自乐，还自己耍点小聪明。

就像此刻，我虽不知你在干什么，但我书写这些文字的时候，满是对你的想念。我会给你去个电话说"果果不要打豆豆""果果你吃饭没有""果果你想大哥哥没有"那头的你一一作答，"大哥我吃过饭了，你吃了没有""大哥家里下雨了，你那边下雨了没有？大哥多穿点衣服，下雨了""大哥我不打豆豆，我跟豆豆玩""大哥，我想你了"。

这一切所需要理解的，一句我想你了，包含彻底。哦，我想你了，想得透彻，想得无助。

二

这本身就是一场邂逅，情感的交接，生活的所属。

你的世界应该是五彩缤纷的，有儿童的快乐，是这样的。你问我，大哥哥你的手怎么那么大。你对我说，我要跟你去上大学。

你要是跟我上大学该有多好。祖母笑着，果果你快点吃饭长大，长大了就能跟着大哥上大学了。你就使劲地吃饭，吵着要买书包，吵着要上大学。

我要对你说，果果，我每次去上学的时候，心里总是难受的。

要是起风就好了，要是下雨就好了，要是突然有一场无休止的假期，我会抱起你，说我不走了，该有多好。

生命存在的时候，从没想过自己的世界会存在什么样的人，什么样的感情,什么样的不舍。生活存在的时候,却不得不思考着,怎样珍惜身边的人,怎样做好身边的事。这在宇宙中无所谓,生命的长度可不必计较,但宽度必要衡量。

像我在皖南遇到的合欢树,我从没想过它何时生何时死。但每年它开花的时候,树荫下总会有我的独处。我把爱情、亲情、友情、孤独、喜悦、悲情等寄托于它,它却无怨无悔地接受。我在乎的是过程,而非有始有终。

每次我从学校坐夜里的火车赶回家的时候,第二天总会累得要死。我一到家就问祖母,"果果呢?""在屋里呢!"我急忙跑过去看着你,你也看着我,不说话,一句话也不说,僵持三分钟。我会主动跟你打招呼,"嘿!小妮子,还认得我吗?"你一听就笑了,转头就跑了,跑到祖母怀里。然后我说什么也要抱你一下,在你脸上亲上一口,疲惫也会消失得无影无踪。

每次我从家赶回学校的前两天,我总会告诉你,说我马上走了,你在家可得听话,你会近似安慰地说道,"大哥走吧,我在家会听话的。"然后跑向远处让这个世界找不到你。祖母冲着我大喊,"果果哪去了?果果不是跟着你吗?""她没有啊,你去外面找她去。"

我会急急忙忙地去找你。直到把你抱回家,你还吵着要去和小朋友玩。祖母对你大喊,"天都黑了,还往哪里去,人家都吃饭了。"果果,你知道吗?你还在吵,吵得昏天黑地。

我的世界早已闲着孤独,你的世界却是风花雪月。如果说,孤独是一种长大,那充盈该是怎样的一种精神,像你一样,学习快乐,学习吵闹,学习吵得昏天黑地。

果果,你还是不吵了。我指着墙上你的一张照片,我说我该回学校了,要不你把这张照片送给我。你说不送。等我摘下来,你又要我把另一张也摘下来带走。我笑着说,一张就够了。

那张照片,我一直放在床头。我会指着你对别人说,这就是我小妹,这就是那个可爱又调皮的小女孩。我会指着你对自己说,情感是有所归属的,像这样美好的,未来不知有多少。我遇到半路人的时候,心思总会孤独,离开、逝去、一声不吭、寡言少语,这不是我想要的,却在我很小的时候已经承受。儿时从没有过的感觉，随着年龄增加愈发变得清晰。可生活总归是美好的，我这样安慰着自己。不是吗？生活就是如此美好。

你和祖母把我送到火车站，我对祖母说，你们得回去了。我能理解祖母对我的了解，她让我和你再玩一会儿。在候车室里，我抱着你，不顾别人的眼光。我不管这些，你看着我走。我会在站台转身向你招手。我走了，有时间再见。对，我们还有时间一起共处，这是多么幸运的一件事，我怎么会孤独。

三

果果，我看不得你的眼泪。曾经我对眼泪的理解仅仅局限于悲哀。因为伤心所以流泪，因为孤独所以躲起来暗暗擦拭，再或许因为委屈使得泪水肆意横流。我从没想过那与悲哀是对等的，可以和爱的人一起哭一起笑，彼此寻找着生活的方向。人这一辈子，遇到彼此爱的人该是多么不容易，然而这种不容易，我知道亲人可以承担。长这么大，在家里说家里话，在学校说学校话，没人会看到我流泪，就算我流泪了也没人知道，就算别人看到，我也会开玩笑地说，"你想想看，像我这么坚强的人，流泪可能吗？"

可果果你还小，你的生活充满未知。台阶有点高，你哭腔着喊大哥哥把你抱上楼去。我就算再忙，也会立刻冲下去，一只手把你抱到楼上。你笑得那么开心，说你大哥好厉害。你去医院打针我只跟过一次，虽然你只哭了一声，但我心里还是非常难受。那天你妈提前给你过生日，因为生病，你一句话也不愿意多说，一口蛋糕也不愿意多吃。我们取来许愿灯，写了好多愿望。你妈见我写了好多，问我写了什么。我却不愿意多说，我怕不灵验。果果，我相信我的愿望是能实现的。你每天那么快乐地生活，家里每个人都把你当成宝，祖父也会因你呵呵直笑。在我和祖父接触的日子里，发现只有我在很远的地方给家里打电话，他才会对我笑。果果，你知道吗？我现在也会看书看到痴迷，写文章写到忘我。为了最初的那个愿望，心中总会燃起斗志，让自己腾空，或许孤独。可这一切我总感觉是值得的，真的是这样。

果果，我看不得你的眼泪，或者说那种对等的悲伤。我只要你快乐就好。

我从医院回家的时候,因为走路不方便,你上前牵我的手,那么开心。"大哥哥你回来了,大哥哥你的手疼吗?"我的手怎么会疼?我想了许久,才明白那天你去医院看我的时候,我正在打吊水。那次我生病还没来得及去看你,就已经去了医院。我见你来看我,高兴得很,所以忘了疼痛,多么奇妙。在家的那几天,疼得难受,你看着我因疼痛而痛苦的面部表情,小脸皱了眉,小嘴也撇开了。我看到之后,竟感觉自己如此幸福。哦,我小妹,我两岁大的小妹会因她大哥哥不开心而不开心,会因她大哥哥生病而上前一把抱住她大哥哥。

自那以后,果果,你知道吗?我从没在你的世界里表现出痛苦,因为我怕,我怕自己一不小心把你的快乐变成眼泪,把你的情感变得黯然。我知道上天让你来到我家是给我传递幸福的,所以怕得要命。

祖母见你又在调皮,远远地冲着我喊,就不能打小妹一次吗?你看她又在玩水。我把你从水盆旁抱过来,还对祖母说,你看果果多可爱,我不舍得去骂她更别说打她了。你一听又来劲,非得冲出我的怀抱,又去玩水。

我知道这一切都是源于内心的那种情感的归属。从家要坐八个小时火车才能到所在的城市,一个人生活,一个人理解孤独,一个人给这个世界开着玩笑,且总会莫名地想家。我比你大二十岁,一个大二十岁的哥哥,怎么可能会打自己的小妹。也因为我是你大哥哥,注定从始至终地疼惜你,不加修饰,也不会刻意。你的快乐,却会是我一辈子的幸福。是这样的,在那个许愿灯上,我写下了自己的秘密:希望果果可以快乐成长,希望自己可以出一本书,希望家人和谐温馨。

四

你渐渐长大,快到三岁了。祖母会吵你,还嘱咐我,以后去商店买东西别给你买零食吃。

你拉着我的胳臂,"大哥哥我要买豆豆吃。"我会开玩笑,"我们家不是有个胖豆豆吗,你可以去吃她啊!"你委屈着脸,"我不吃家里的豆豆,我要吃买的豆豆。"我不知为什么,我可以拒绝整个世界,却唯独拒绝不了你。我带你一起去商店。有时候你自己拿着钱去，然后哭腔着回来，我问怎么了，你说奶奶在那。我就知道你没敢去买。但我想说，果果，祖母是那么疼你。你的委屈我现在是看不得的，我抱着你，老远的见祖母吵，"你可别给她买东西吃，这样宠她不好。"我对着祖母笑，"下次不会了"。我知道下次我还会说下次不会了。

祖母问我为什么不去打你骂你的时候，我其实之后有过思考。你因为调皮被你爸爸吵，你委屈来到我的身边，你不小心摔疼了，哭得满脸都是眼泪，我会把你抱起来安慰。别的小孩和你有不愉快，我会把他们都哄好，让你不那么难受。这一切不都是因为我是你大哥哥吗！

小妹是用来疼的。在你之前，我从来没有这么亲近的小妹。你的到来，让我可以把全部的爱倾于你。你爸会打你，那是责任，我去爱你，却是亲情。

这情感的归属，永远不会显得苍白无力。

五

我们家有两个院子。老院子里住着儿时的我，新院子里住着现在的你。老院子里有一棵梧桐树，新院子里有一棵银杏树。老院子早已破败不堪，新院子却是欣欣向荣。有时我去想为什么会这样，可能是你的世界我添加了太多向往。

我在老院子里会有自己的童年，虽然我曾有一段时间不愿意接受。我会躲在逝去的曾祖母家的院子里，享受一处宁静。可总归是要接受的，接受老院子的吵闹，接受老院子的孤独，接受老院子的破败不堪。我从皖南的大学回家，总会去老院子走走。别人会说我是个偏爱怀旧的人，但我更想说，有些时候旧的事物是会带给人新的领悟。不仅仅是感动，还有对新生活的向往和憧憬。而你就是我的新生活，从一开始我就这么认为，你来到我家是有责任的，不光对我，对整个家人都是有责任的。而这个责任就是，看着你快乐幸福。

我从没想过要坦露自己的心扉。我知道每个人的生活都是那么不易。我拼命告诉别人，这世界如此美好，一定要向前看，做个温暖向阳的孩子。

果果,人所要面对的都是需要面对的,不需要面对的都变成了回忆。

新院子的你是那么可爱,那么快乐。你会早早起床,来到我睡的屋里,大喊帅哥起床。我听着感觉好笑,我不知道你是因为我名字才喊的帅哥还是喜欢和我开玩笑,反正不管你怎么想,我总是当真。好的,你帅哥这就起床跟你玩。你的小脚走得好慢,我喊你快点回家吃饭。你吵着让我抱,我不抱你你就撇嘴,我去抱你你就呵呵直笑。我开玩笑地问你,"你喊帅哥是因为大哥我长得帅吗?""是的。""真的假的?""假的。"然后悻悻跑开。

果果,新院子是美的,美得让人迷失。从它刚开始建,到它建好,再到你的到来,我总感觉是上天冥冥之中在做安排,安排你我相遇,把泪水化作欢乐,把孤独变成幸福,把儿时的苦闷当做而今幸福的前奏,因为有过苦闷,才会更加懂得珍惜。

你会明白珍惜的重要性的。像我在皖南一样,每每想起你,总会给你去电话。可我总是计算日子,我之前是每星期都会给你打电话,之后我伪装成熟,不愿让家人认为我那么恋家。我知道,在他们眼里,我应该是有出息的,应该是不恋家的,应该有一番作为的。如果说这是一种自私的想法,我宁愿一直自私下去。果果,用珍惜换来的会是真正的归属。爱,有的时候好美,但也会有些被动。

在我们家的新院子,春天的时候,你要摘一朵小花,我给你插在耳朵上;夏天的时候,因为没电,我会给你做个小纸扇,让你清凉;秋天的时候,你抱着大哥哥,说别去上学,我笑笑还是跟你说再见;冬天的时候家人一起围在火堆旁,你拿着一把糖,一人分一块。

不管做什么,有什么样的开始就有什么样的结果。你的到来带来了快乐,送走了悲伤。这责任,是你的世界所描述给我的美好。我知,生如夏花,梦中无暇。

我 与 院 子

一

我常常思考着，路带来了什么？又带走了什么？我把自行车放到自家门前，一不小心，发现跑了太远。从起点到终点，是路带来的安慰，还是给路以安慰？

好几次我提到夜是留给胆大的人的。漆黑的夜，伸手不见五指，没有任何光可照，连同一双眼睛，也只是在黑夜里探索。一双手突然触摸到什么东西，惊得一身冷汗。此刻假如路在心中，我们是不是就此打坐，让眼睛告别黑夜的黑，来敬畏崇拜甚至低下不可一世的头颅，要的是创造心灵坍塌的距离。

甚至从一开始，我们来到这个世界，上天就着手安排我们的去处。或安逸，或崎岖，或像我一样，等待黑夜的来临，思考着如何把胆子放大，与夜搏斗。这些该知道的，不该知道的，此刻都不要放在心上。在这春风正浓时候，你听一曲别离，是对美的亵渎。

习惯了一个人走路，走着走着，就走到了梦里，连着一夜的梦，自然让人疲惫不堪。在清早起床，一股阳光透过窗户直射到我的床头，感觉太阳是我的，就在我脸上洋溢着微笑。一个人等时间从脚底穿行，等着等着，等到了天明，等到了天黑，等到了春夏秋冬，四季轮回，等到了为了一根白发暗自伤神，情不自禁。突然有一天，一不小心，把自认为等不来的人等到了，把等到的人又还给时间，时间把微笑送给岁月，然后岁月让人苍老，就这样把自认为等不到的人等来，攥不走的人放手，是需要痛苦，还是把痛苦还给时间？或许你不会明白时间给你开了多大玩笑。自从我把那条路放在自己的心里，我就明白了，我也在和时间开玩笑。

　　我一下子就理解了任何事物存在的意图，那意图深不可测，明白之后却简单得让人好笑。

　　我常认为我的世界里没有半路人，最起码可以不要让我放在心上。我有时候做梦，突然那么一天，我被抛弃，静静的连一滴眼泪也没有。我看着身旁的人逐渐变老，内心的惶恐一天天加剧，有时候连饭也吃不好。虽然上天把生死彼此联系，生就是为了死，不离不弃。甚至可以在我活到最狂妄的时候，把任何可以留给时间的一点不落地抛向它。当一个人从出生，到消亡，这时间的位移在漫长的无限时间里，仅仅微弱成一个点，大可忽略不计。所以生命的长短，需要用什么衡量？不管是在青春韶华逝去，老无所依离开，这一切由不得去说，只能铭记。

　　趁着还没走远，十年前我就已经明白需要铭记了。十年前，我还是个孩子，不明白做人是要长大的；十年后，我依然是个孩子，却总是用一颗所谓成熟的心毗邻孩子这个名词，抑或是心中的幼稚不愿因时间而去升华。十年前，我对我家院子选择的是逃避，甚至厌恶；十年后，我在外生活了几年，浑身上下充斥着对院子的想念。十年前，我母亲还在家里唠叨，我一直不耐烦地回应；十年后，她离开了家，我也离开了家，院子变得破败不堪。

　　院子是我思考时最好的去处。它随时间变得愈发颓败，像个瘦弱的胡须交错的但思想睿智的老头儿。我带来颇多问题与他，生死、得失、善恶、爱情、绝望、向往、迷失，甚至小草的坚强。和他不必多说，这十年间，他冷清甚至孤独，他的睿智让我敬佩，由存在变成感情的寄托、生老病死的循环、喜怒哀乐的呈现。他是见证者，更是预言家。所有的这一切都源于十年前那个爱哭爱笑的孩子。我像是十年前的那个孩子，十年前他爱在梦里微笑，笑鸟语花香，人来人往，笑向往的生活和人的影子，所以大海、高山、平原，跟着一个孩子的梦变得浑浊、平坦、高耸。

二

　　我想我是该回去了，我一个人跑出来太久、太远了，母亲会担心的。

　　我尽量用言语讨她欢喜，"别担心，我会吃饱饭的，而且每顿都有肉吃。"或者干脆告诉她，"我已经长大了，是你一直引以为豪的儿子。"她为她考上大学的儿子而自豪，这一点我是肯定的。她每次都跟别人说她考上大学的儿子，听话，善良，为家里着想，就是脾气有点倔，在外也让人放心不下。

我承认我是母亲最放心不下的孩子。我喜欢一个人走小路、黑路，一个人听歌或是呆想，把一切嘈杂纷争的世界抛在脑后，独享那份孤独的美好，窥探自己内心的向往，还可以阅读邮递给生活的信。你很难想象突然有一天我着急了，着急找到母亲，问她我从没问过的问题。有一次她是哭了，像个孩子。我在一旁嘀咕着，不是什么都能过去吗？你不也说，任何苦任何难，过去了还要提它干啥！是不是非得把苦难看成未来的家常便饭，我甚至认为我的现在的或将来的苦难，是不是都源于太在意过去的存在。她偷偷抹掉了眼泪，嘴里一直唠叨着，"你是苦的，你小时候是苦的。"我从没和小时候有过交集，时间让我们选择记忆还是忘记，我选择让这一切随江水远去。看不到尽头的大海，何不在海滩听大海的声音。那是一种呐喊，对内心力量的诠释。在这无限缥缈充满任何想象的故事里，变迁的仅仅是我们对事物的认知。

有一回和母亲谈到三毛，我说，"三毛去非洲的时候，她的母亲，明知道这是何等崎岖的道路，但是为了她的志趣和他对新生活的向往，忍住了眼泪，答应下来。"母亲听着不对，躲开我乞求的眼神，她似乎不愿等待一场似感冒的伤痛，痛过喉咙，连着心胸。我知道她在意我眼睛里的话，但这话是非说不可，"你就让我去追求内心很多人认为的无知吧。"

我不知道这句话当时对她造成多大伤害，直到我一个人跑得太远了才明白。所以我回家了，回到了院子里。看看四周褪去的颜色，春天的绿色哪去了，或许藏在我到来的脚步里。我总感觉一双眼睛，就是整个生活的秘密。院子里每次都没有别人，只有我，还是我。等我不在了，还有我的灵魂。现在所说的灵魂是鬼魂还是心灵的根，尚且不去计较。

三

让我去想想为什么我是那么任性。说走就走，根本不在乎别人的感受。

就像春天的杨花,随风的追求愈发变得经不起诱惑,一有机会就逃离树的挽留,最后被风抛弃,树却甘心为它撑一番绿荫。就像夏天的滚烫的柏油路,奇幻的海市蜃楼,让人充满遐想,明知追着是徒劳,却一刻不停地向着远方。不会有人说是执着,执着的人不会那么任性。今生此世,愿守候秋末到凄凉。像冬天难履的薄冰,想离开水层博得一缕轻盈,于是向人们宣布自己的英雄梦想,追求和执着,幻化无知和欲望,蛊惑甚至流言,引诱着人们靠近,当阳光四溢时候,一切消失得无影无踪。

我在院子里的徘徊,甚至说是在院子里的角落寻找答案。在一切不可能的时候,我会在远离故土的地方找寻着答案。曾在一篇文章里写过这么一段话,"我是在什么地方看到了那样的场景?我幻影般迷恋黑夜的生活到底为何?看那个人,一身暖和的衣服,熟识一地北风吹叶的孤单。夜在风的梦里,风在夜的笼中,一夜吹掉痴痴童年的梦魇。想无畏地去追求那飘落的蝴蝶,把十里长街的梦叫醒。我是罪人,我不该把故乡落叶的声音添加于这小小的枫叶,南方的世界,本来就不是我所要追求的美,倒是十里长街的梦让我怎么来赔。"这些任性还是不任性的作为,顷刻间无从考证。让我去想,我想着倒没有答案。任何事物有所追求有所不追求,反倒来得更好。

四

说说我在院子里的祈祷吧。春天自来了,就不肯走了。在偌大的院子里,一年四季都是春,让我对季节生疏了许多。比如在秋天,我会冲凉水澡,母亲一旁吵我,"还不冻坏了。"比如在夏天,我有时候会盖上一件稍微厚点的被子,母亲总在晚上替我们盖好被子的习惯,盖好了直到我热醒。春天里,满眼的新绿,愈发让人崇尚安逸。此刻天冷得让我发抖,我只庆幸我不再需要别人的保护、安慰,不然冬雨萧瑟的时候,没一把伞撑起的场面,定会惹得我眼泪掉落。

或许我本不该提到眼泪,这样事情永远得不到解决。我在祈祷,甚至从一开始就在祈祷。每个角落都有我的祷告,原谅我心中秘密,如藤

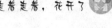

萝一般扎根心底。

我常去思考着人生，如生活的意义，活着的勇气。以前别人问我的时候，我对他说，"活着就是为了改变。"可是而今，活着于我最大的意义，并不局限于改变，更多是一种安稳平淡。安稳的不是生活，是日子，平淡的不是追求，是对生活的决心。能否想象到双目失明的人们，对光明的极度渴求。若真有那时，让我在失明的前一瞬，看清亲人的脸，春的肆意，天空中的小鸟。

人总会变得愈发简单，生活总该有不一样的境遇。十八年前，当面对失去的时候，我选择的是孩提时候的快乐。可以说，我不懂得悲伤。再过两年，我知道了，他再也不会回来了。我母亲整夜地哭，我父亲整夜地抽烟。人总是因为失去而变得小心翼翼。母亲怀了弟弟，不由分说我成了他的照看人。我不许他跟别人打架、洗澡，不允许他做我看着不顺眼的事。我骑上大架子车带着他，常常告诉他，等我长大了，定会让他过上好日子。我有时候指着那处坟头，轻柔地去说那是天使的墓。他懂我也懂，他没见过他，而我却见过他。因为半路上的一见，心里给他一席之地，不曾在深处留恋，常常一个转角泪水早已流下。

十八年了，我脑海里总会浮现那个令我一生痛心的场景。他离开的那天，母亲在哭，姐姐在哭，奶奶也在哭，我没有丝毫悲伤，拿着扫把捉蜻蜓。也许而今的我心思颇为敏感，我想更多因为我的那一抹浓笑，注定成为半路人的慰藉。可这样的慰藉，我内心却洗刷不了。

当一切都没有的时候，我甚至感觉到了爱的意义。在这过于现实的社会，路上每个人都是形单影孤，在家里却总有心灵泊靠。我在院子里祈祷，用过去祈求未来，直到有一天我抓住了爱的尾巴。

有一天，院子里突然来了一位女孩，她四处张望，我不知她是谁。我说你找谁。她听了就笑了，我上下打量着她，心中满是困惑。你找谁？你找谁？心里回答说，反正不是找你。我不去看她，又去看自己的书了。她好像在院子里绕了一圈，然后来到我的身边，满脸孩子的笑容，他们说这里有最好吃的李子，我想来这看看。我听着心中满是不屑，心想这小女孩真会说话，来看看，望梅止渴？还是先斩后奏？我是院子里的主人，完全看看都不当回事。还好我对孩子不厌烦，你想看就看吧，想吃的话我给你来摘，你够不着。我以为她会蹦蹦跳跳地说要吃，就站了起来，跟在她的身后。她走到李子树下停了下来，兴高采烈地指着树上的李子说，"你看看，你看看，我就说青的李子是最漂亮的。"我顺着她的手望去，果然有一种在心中说不出感觉的美丽。我看女孩的眼睛都是亮的，竟然忘了我是院子的主人。

那个女孩又来了，这次我没有看书。自上次和她见面，我对她有种莫名的好感。在我对异性的了解中，应该是她那对温柔又明亮的眼眸吸引了我。我说，"你又来了，我给你摘李子吃。"我开始注意到她委屈的脸，眼眸也是灰色的。你这是怎么了，你这是怎么了，在我心里不由地问自己，她这是怎么了，在我的院子里是没有悲伤的，何况她有一双那么漂亮的眼睛。我为之倾倒，可以说我可以为之干任何事。她说她要走了，她要回家了。她家有多远呢，我脑子里一下子想到了西藏、新疆、海南，甚至隔了一墙的邻居家，都是远的，看她的眼眸似乎就是不会见的结局了。我说，"青的李子是最美的，走的时候我给你摘些。"上天总会给路途添加半路人的决心，是动摇不得的。

当一切时间停止的时候，我愿意用十年去理解一个道理——得与失的抉择。细想某一天我爱你爱得死去活来，一刻也不想离开你，把眼前的事物都想成是你。最终得到的是什么？失去的是什么？

那种美是期待已久的，雪融开了，春天不远了。想着落雪时候，陪天空炫舞，而今融雪，看冰雪交融。伏案写下种种思索，悠长似歌声半里寻觅。仿佛一切归空，心头一阵，想昨日梦里残存。其实爱情是片孤独的森林，森林深处，是一种等待的沉默。心意忖开，想人生百变。些许时候，一朵花，就是爱的注解。人生的旅途，并不是爱了就会拥有，不爱的时候也会拥有，等爱的时候，一无所有。这或许早已成为心中的遗憾，与冰雪交融无关。

这院子早已破败不堪，从它出生的时候就已经注定了进入了生命的倒计时，若想永恒，要么就是不存在，要么就是永恒存在。永恒存在，除了文字，其他做不到。

五

　　我只能跟随文字的美与灵性，去领悟这个世界。

　　有一次跟一个文字爱好者聊天，谈到文字的时候，她说，"文字是有灵性的，你抓不住他的尾巴。"虽然我以前就有感觉文字和其他事物不一样，到底不一样在哪里，却说不清。那是我第一次听人说灵性，文字穿梭在历史的长河中，那一撇一捺的演变，都是历史的折点。一个人活着的时候想着改变，即将死去却后悔得失。为什么人会后悔，这一点又有哪个人可以说得明白。有人说所有的这一切都是大脑里某种激素作用的结果。可激素又从何而来，一生二，二生三，三生万物的观点，适合的寥寥可数。若用文字描述后悔的存在，仅仅历史的一点，记不得也不算什么。

别人的故事，
我们的歌

别人的
故事，我们的歌

　　见到一个人，然后与他告别，告别的只是他这个人，却忘不了发生的故事。别人的故事总会藏有自己的影子，所谓的感同身受，所谓的士为知己者死，大抵如此。有没有一首歌，藏着感动，抑或是共同书写的青春。

喜欢你是一场漫长的失恋

　　她跟我说你失恋了，让我安慰你一下。我电话打过去就骂，"有什么大不了的，时间会让你遇到更好的人。你真的不争气，连男人的尊严都不要了，你说失去她，你什么都没有了，感觉再也快乐不起来！"

　　一阵短路过后，我还是去骂，"你不是还有我吗，可以知心交底的纯哥们。"你笑了，我也笑了。笑得那样天真，你知道吗，我以男人的世界观心疼你。不光是朋友之间，更多的是你让我曾经如此感动。

　　同学那么多年，我从你身上学到很多东西，你的玩世不恭，其实我感觉那就是你的潇洒自如。你那时候给我说着你暗恋的女生，一直暗恋着不敢说，我在一旁替你鼓气，真正的英雄不在于成功，在于敢于追求。说了那么多，你还是无动于衷，其实我能明白，那种小心翼翼是对自己的保护。

　　保护了那么多年，最后随时间慢慢淡忘。进了大学，从你空间蹦出一张合照，谁能瞒过我的火眼金睛，一个电话打过去，"你什么都别说，让我猜猜，空间里的那女孩，一定比较'二'，而且你喜欢她超过你自己。"你很惊讶地对我说，"你怎么知道！"一阵狂笑，又是一阵狂笑。我接着说道，"以我对你的了解程度，你可以把照片上传，绝不是心血来潮，而是真心的依恋。对于'二'嘛，我看人你又不是不知道，人称'辨人小能手'！"又是一阵狂笑。

　　我能说我想安慰你吗？假如此刻你也能安慰我多好。当然最主要的还是我得去安慰你。

　　送你一句话，喜欢是一场漫长的失恋。不管处于暗恋，还是在一起的喜欢，其实都是一场失恋，除非两情相悦，为了彼此而努力着。别想了，最起码你现在遇不到，何必一场春雨过后留有一处眼泪呢！再说，我们还有时间寻找对的人，不是吗？

好说歹说，你一句话把我打死了。爱情把人的心挖走了，其实那是你把自己的心送出去的。我不反对对人要真诚；我不反对对爱人要全心全意；我不反对你拉她的手，心里想着未来的美好；我不介意你为了她把我们的友情都忘了。我是个不主动的男人，你不打电话给我，我才不会打给你。但你知道吗，我不愿意你轻易忧伤，不愿意你用无知的执着去做着无谓的挽留。那样对你不值得，因为懂你，才会原谅你的幼稚，因为不珍惜，才会拒绝你的勇气。

人活着不是受伤害的，也不是给别人伤害的，而是学会爱惜自己的，懂得珍惜别人的。真正的爱情是两个人的，心，勇气，执着，努力。倘若缺失一条，喜欢总会变成一场失恋。我不想打击你，你让我那么感动，我又怎么忍心呢！

说完一番话，你跟我讲着你们的相知，相恋，相离。本来我心情也不好，还得用好心情安慰你，不过还好，我比你看得淡。我自认读了很多强大心灵的书，才会处事不惊。

你让我感动，你说你和她一起，感觉内心很贴近，你说你拉她的手，像是看到了未来。我听着感觉很不自在，想想看，我认识的你，成天早退迟到，仗着自己成绩好，一副很不在乎的样子。你能说出这些话，其实我是高兴的，你真的为了一个人去改变了。

正如别人所说，你成为今天的你，定是因为一些事的发生，或大或小，但必定在你记忆中留下烙印。而后所发生的许多事，或悲怆，或盛大，或悄然而至，都能在这些烙印里找到最初的源头。

这句话是对的，却不是我们愿意接受的。谁不想有一份爱的执着，谁又忍心看着曾经如此熟悉的人，顷刻间变得形同陌路。但岁月催人老，时间让人伤，感情才会变得惆怅。我们唯一可以做的就是，善待自己，让自己过得好。不是过好了就把一切忘了，而是在记得它的时候不影响自己的心情。

你唯一的过错就是没遇到对的人，此刻可以去感伤，但不要长久，好吗？皖南的天气如此不济，还是不说天气了，我一看就不喜欢。

又说，因为喜欢一个人，就包容了对方的不羁与轻视，你唯一能做的，就是不打扰。没有人会永远活在过去，怀念是因为尚且年轻，只有离开才能给彼此更广袤的天地，跋涉的途中终于失去了自己，而变成了更好的你。

废话少说，顷刻间，你不会长大，但你也不会再如此幼稚过活。

十年如一日沉淀

大学里没有晚自习，你总爱在图书馆，说"书读万卷不嫌多，最怕无书空自乐"。所以每每这个时候，我总感觉你身上充满无数正能量，然后一个 20 岁的影子紧随你的身后，希望青春如画般的你用笑声刺痛明媚的忧伤。

你爱看书，你说过你不会原宥于书中的任何事物。早早地起床，也早早地睡觉，一本书没看完就把它扔下，冷落了几天，突然无意中发现，然后又使劲地把它读完。我问你为什么这样喜欢看书，你一句话也不回，把我冷落一边。待你心情颇好的时候，你也会悄悄同我拾起之前的话题，你说你爱看书，因为它可以让你心平气和，让你有一种活着的感觉。我一旁顿时惊吓跌倒，我拾起你散落地上的文章，有一篇叫《谁的青春不迷茫》。我看了看，一句话没说。

当然，你也会主动找到我。你说你失恋了，我陪衬着好一会的伤心。我用语言安慰你，把失恋说成了必需的经历，把恋爱言成了一剂毒药。你一旁托着腮，像个孩童。你总是调皮地对我大喊大叫，说这不对说那不对，我对你冷嘲热讽，"要不你给我说个对的。"然后换来你傻傻的笑声。青春是一道明媚的忧伤，也是江城撕碎的念想。有时候，只是有时候，我也会一个人向往。你说你要把他们打个稀烂，我一旁急忙问他们是谁，终于从你口中得知，是你的室友及你的好哥们。见我不解，你煞有介事地叫嚷着他们整天玩游戏，没人和你玩，你感觉好孤独。我总爱捉弄于你，哪有孤独，你不是还有我吗！"你……"，你叫了一声，你说我是个傻瓜，才会和你有那么多言语。我并不生气，一旁吃着苹果，心想其实做这样的傻瓜何尝不好。你准备创业，我举起双手赞同，你创业失败，我一旁看着你流泪。你说，一个团队在你手中从有到无，就像自己的孩子一样，突然失去，怎样的一种撕心裂肺、痛彻心扉。我不敢试触你的眼泪，只有在一旁看着你委屈，看着你流泪，安慰着你，谁让我们是最好的异性哥们儿。可是，莫名地我也会背对着你流下眼泪。你不经意间看到我的眼眸红肿，你问怎么回事，谁欺负你了。我只是笑着，朋友不顺自然也会感同身受。一旁不答，一边不语，如青春时刻的宁静。你说你是个忧伤的人，忧伤到患上了忧郁症，随时都会有想不开的冲动。所以你说你怕失去我，更怕自身的负能量影响到我。我一旁站着，真切地把眼泪咽到了肚里。我说谁的青春不迷茫，二十岁的你只是有太多想法，简单点生活会更美好。你大叫着说自己不安分，不能简单，然后一把把我抱住，我分明感觉到一滴滴眼泪在我发间掠过。

你还是那么喜欢看书，你硬拉着我陪你一起到图书馆。在月亮的映衬下，我突发奇想，一把坐在了茸茸的草坪之上。

"喂，告诉我为什么那么喜欢看书？"

"我不是说过答案了吗。"你站在我面前，有些惊慌地说着。

"你以为我相信你的心平气和论吗，认识十年了怎么说我也了解你吧。快说，快说……"

"呃，你真的想知道？"

"废话，快说。不说别想让我和你一起到图书馆。"

你傻笑一番，其实，看书的时候，有你的陪伴，我会感觉前所未有的快乐和幸福。

一旁的月亮不停地眨着眼，一滴眼泪从我眼角滑落，把青春染成了绿色。

谁的青春不迷茫，你可知道，我十年如一日沉淀，执手只为与你碧海蓝天。

当爱已成往事

何小娴说什么也不愿意参加高中同学聚会。在那个炎热的暑假,或许只有懂她的人,才会发现她阴凉的一面。

作为何小娴的闺密,潘婷每天一个电话地催,"喂,小娴,我们都长大了,你也别把以前的事太放在心里啊! 毕竟同学归同学,别搞得跟陌生人似的。"何小娴听潘婷这么说,倒不知说什么好。

潘婷见说进她心里,忙接着说,"要不,我打电话跟许风说一声,让他别去了。咱们去,这样也省得你所谓的尴尬。"电话那头的潘婷打了个成功的手势,以她对何小娴的了解,默不作声是极有可能的。

"去就去,我有什么要尴尬的。我是怕许风不好意思跟我说话,你懂不懂?"何小娴一边解释着,一边心里还暗骂潘婷,"就是我肚子里的蛔虫啊。"

要说何小娴与许风的关系,三天三夜也说不完,只能简短介绍。高中三年的同学,又是同桌,另加哥们儿,无论啥场合都有这俩人的身影。高考过后,在许风的努力下,在一起一个月,最后就像何小娴说的那样,你是太阳我是月亮,注定一个在白天一个在黑夜。所以没有什么鬼哭狼嚎,一句彼此珍重草草结尾。

听人说那晚许风喝得酩酊大醉,在操场大哭了一场,听谁说的,何小娴也记不得名字。只知道一个陌生人打来电话,张嘴就骂,"你害得我们风哥这样难受,喝酒快喝死了。好了,该滚的赶紧滚,身在福中不知福,跟你说话都费口舌。再见!"一句恶狠狠的"再见",把何小娴的眼泪,硬生生地说得掉了下来。

何小娴知道许风是多么好的人,但每个女孩子心中都有自己的白马王子。为了追求心中所有,可以放下一路上对自己好的人。就像书本里说的，勉强是最不明智的，留有遗憾人生才会完美。

其实那段时间又有谁能明白何小娴呢！逃课，狠狠地拒绝后来的追求者，大肆地狂笑。她总爱对潘婷说，"你知道吗，这跟我想要的不一样，我从心里离不开他，但我必须选择离开他。"

或许女人的思维是这个世界上最难懂的。她们的一颦一蹙，一笑一哭，都让人琢磨不透。潘婷知道，只是她只能选择知道。

五年过去了，依然是选择炎热的夏季，一起打个照面。

何小娴和潘婷一起来到聚餐的西餐馆，素颜的何小娴依然显得那么美丽大方，着妆后的潘婷显得更有女人味。她们的到来给聚会增添了欢乐。老班长见美女眼都直了，远远地就出来迎接。

"小娴是越长越漂亮了，婷婷还是那么性感啊！"老班长王直调侃地说着。"快点入座吧！就差你们两个了。"

何小娴不好意思地向大家道歉来晚了，众人只是笑笑说没事。在何小娴去选择座位的时候，发现只在许风身边有两个空位。潘婷上前坐下，何小娴也只好坐下来。

许风把眼光投向何小娴，笑着说道，"小娴，好久不见！"在来的路上，潘婷就爆料说许风现在是个小公司的老板了。何小娴微笑着回说，"许老板，确实好久不见，嫂子可好啊！"或许只有当我问到你的生活的时候，我才知道我早已从你生活里走开，直到不留一丝痕迹。

许风沉默了一会儿，缓缓说道，"我一直在等她，五年了一直到现在。"

何小娴装作没听见，不停地吃饭，可她多想一直听他这么说下去。女人的矜持，只有在此刻才会显得多么让人痛恨。

酒入肝肠，化作相思泪。

那天何小娴喝醉了，许风因为开车没喝酒。何小娴在酒精的作用下，说什么也要许风送自己回家。许风本来也打算送她的。

许风把何小娴扶进车里，对她说，"我带你去一个地方吧！"何小娴迷迷糊糊地答应了。

夜幕下的小城显得那么美丽，一排排合欢树，一排排梧桐树，一排排暗黄的路灯，一排排紧跟时间的幸福。此刻，都在夜幕中上演，像千年之恋的绝壁。

"丫头，你知道吗？"

"知道什么？"

"海豚恋人。"

"我能不知道吗，那是我的梦想，我说过我要有一家面包店，起名海豚恋人。"

"那不仅仅是你的梦想，遇到你就已经注定我要去实现。你说过，等我实现了你就嫁给我。可当我实现的时候，我竟然再也没有勇气去找你。"

何小娴像经历了晴天霹雳，一下子问到，"为什么？"

"因为当爱已成往事的时候，才发现海豚恋人才是一个新的开始。别说话，你看。"

顺着许风的手，何小娴望去，只见那间海豚恋人的面包店已经打了烊，荧屏上写着几个大大的红字"本店出售"。

当爱已成往事，真的是一场结局吗，或许只是一场年轻的洗礼。可你说等了我五年呢？或许我还要等你十年，直到你回来。

我见你是为了让你笑

我把车停到路边，抽了一支烟，听着郁可唯的《远方》。她今天大学毕业，说好的见一面。我早早地从上海赶来，一路奔波，有些疲劳，抽根烟提神。我已来到她所在的大学，竟不知为何，有些莫名的失落。心里总会浮现她的笑脸，却又不敢如此莽撞地靠近。

30岁的我，在上海做白领，领着年薪二十万的工资，开着北京现代，一身西装，头发梳得锃亮，一直单身。30岁的我，还算成熟，说话不苟言笑。可30岁的我，还会像小孩子那样，不敢突然去见一个陌生人，或者说，是因为彼此太过熟悉。

这让我想起了，第一次网上遇到她的情形。那时候我23岁，她只有15岁。我是学生，她也是学生。因为喜欢文字，所以加了不少文艺青年，她算一个。我以为缘分就是加过之后的不屑一顾，我以为青春就是一场不为人知的陌生。

她发来一个信息，说她在听歌。我好奇地问她什么歌。《美丽世界的孤儿》，汪峰的。然后她又发信息，问我有没有听一首歌，突然哭了起来。我认为大男子主义的我，怎会因为一首歌而痛彻心扉。我回她说，没有，我不喜欢这种歌。她应了一声。我对她有些好奇，你怎么这么小，你的青春还没到，还会哭吗？她回个笑脸，不哭了。

不知何时我突然想到了那首歌，那时候我处在失恋的恢复期。每天除了游戏，看电视，就是无聊地睡觉。在一个很阴郁的午后，我闲着没事听起了那首歌。

有时，我感觉失落，感觉自己像一棵草，有时，我陷入空虚，可我不知道为什么，时光流走了，而我依然在这儿。

哦，别哭，亲爱的人，我们要坚强，我们要微笑，因为无论我们怎样，我们永远是这美丽世界的孤儿。

不知为何我点动了她的 QQ，"喂，那首歌挺好听的。"她回信息说，"我知道你会喜欢。因为你的文章真的挺好。"我其实挺高兴别人夸我的文章，比夸我来的高兴得多。或许是因为文章问题，彼此拉近了距离。

闲谈中，我知道了她的名字、家乡、年纪、学习的境况。闲谈中，我知道了她的感伤、无聊，也逐步成了朋友。朋友之间免不了彼此慰藉，我只能安慰自己的过往，对于她我也安慰着她的生活。闲谈中，我还会开玩笑地说她不像小孩子，还会拿年纪说事，我都能当她大叔了。闲谈中，我也给她讲励志的故事，别人的执着，自己的顽固。

她发来照片，很漂亮，她的声音，很好听。突然有一天她不再联系我，这让我很是无助。我问她为什么，她没有说话，只末尾说了一句，"等你大学毕业来找我吧！"

我不知感情是不是来得突然，还是心思因陌生变得凝重。可能已成为陌生的熟悉人，最终却要因为熟悉而陌生。

她考上大学的前一天晚上，给我打电话，说她很紧张。我安慰着她，像安慰孩子一样。她录取通知书下来的时候，给我打了电话。电话那头她高兴地说她考上了医学院，学医是为她自己。我说那就好好学，救死扶伤。她说先把自己救了，然后再去救人。我调侃地说她，你还年轻能有什么，别总是拿自己开玩笑。电话那头，她总爱"嘿嘿"地傻笑。她问我工作怎么样，我说没事，职场如战场，前段时间公司又战死几个。她那头接着又笑了起来。

我不知道为什么总爱听她笑。就在前几天，我拨通她的电话，却听到她在哭，这让我心里很不是滋味。我安慰着她，"丫头是最乖的孩子，不哭，有我在。"丫头还是哭了，哭着对我说，"你别来了，我不想见你。"可我怎能不去，我的心早已如藤条般缠绕，不是爱而是情。

说服她的那一刻，我无比轻松，她却一直在哭。

车已经驶动，我来到她学校门口，校园里的两排合欢树，给足了初夏热闹。她，对，她是丫头。合欢道中间坐轮椅的那个有些婴儿肥的女孩子。在哭，在笑，在寻找。我走到她的面前，单跪在她的身边，伏着她的耳朵说道，"你来看看我的胳臂。"

她看着，笑了。

可你知道吗？我曾找过你，因为我知道你一定不是个平凡的女孩子。

可你知道吗？我真的是都市白领，因为我知道我必须要照顾你。

我们彼此都笑了。

有一种爱，叫你好不见

我打心里认识阿龙其实并没有多长时间，大三之前，彼此住在相邻的宿舍，上了大三却分到了同一宿舍。大三之前，我见他只是笑笑，上了大三，我和他每次都是宿舍最后起床。就像他说的，每次宿舍都只剩下我们两个懒人了。

因为从没有接触过，猛然接触，总会有一种痛心疾首的感觉。我总感觉，他很累，或者我不懂他的世界，像个小女生那样敏感或是痴心。

记得刚上大学那会，我还不知道男生的名字，就已经知道了谁喜欢哪个女生了。没办法，男生就那几个，藏事也藏不住。

阿龙喜欢的女生是我小班里的。那时候听说喜欢得要死，如果现在我没有很用心地认识他，要不要死我一点也不在乎。可现在他就在我身边，我却无能为力。

我总以为用心地爱，是对自己的辜负，也是对自己的祝福。祝福自己因为用心爱得那么深，辜负自己因为用心恨得那么狠。

我和阿龙有过深层的交谈。总结一句话就是，我们都能看开，然后选择离开。我们都能很好，然后没有烦恼。我们都会幸福，只是时间未到。我们都有生活，却拼命地死抓过去的不好。

阿龙和我班那个妹子在一起的时候，满世界都在为他们欢喜。那年的冬天不冷，那年的雪花下得轻盈，那年的我开始了大学的旅途。

我问阿龙，为什么你们会分开呢？他微微一笑，认识得太晚。

我承认在我仅有的私人情感中，这是极为悲壮的。我情商不高，我不会别人的甜言蜜语，我甚至理解不了为什么彼此相爱的人不能在一起。认识得太晚？多么幼稚的答案。

他说是她说的，说她不敢相信爱情了，为什么没早一点遇到，或许会更好。

阿龙之后怎么过的，我一点不知道，那时候我并没有太多了解他。我只知道，听说他每天都宅在宿舍玩电脑，他最喜欢看《变形计》，眼泪会忍不住的婆娑。

我常常想，一个会因为感动流泪的男人，该是多么的善良，哪怕心中有多少伤痛，总会一个人难过。不告诉任何人，像个孩子。

大三的时候，我们住在了同一个宿舍，在教室里也坐在一起。有一天，他突然给我看了一句话。

"你好，打扰了，麻烦了，谢谢，不客气，好开心，好感动，对不起，没关系，再见，走好，再见，不见。"

我越看越感觉无聊，慵懒地说道，"这不就是一组常见用语吗，有什么?"

他笑着说，"这是两个人从相知、相爱到相离。和她分开的时候，我感觉脑子里一片空白，却只有这几个零散的文字，就在空间留言板上给自己写下了这组文字。"

我听他这么一说，还真感兴趣了。再看一遍，竟然莫名的心痛。是的，心痛的感觉好美却又好凄凉。

我问阿龙，你真的放开了吗? 我承认我这句话就是废话。但我多想你放下，哪怕放不下，也别把自己搞得那么傻。

可曾经的懵懵懂懂，到现在的成熟长大，是不是非要有个记号，让自己记挂。我知道那叫爱情。

看着那组爱情密码，一不小心就是一场解密，一不小心就会陷入"你好不见"的陷阱。我知道并不是不爱，是我们太过相信，会有那么一天我们会遇到更好的人。

有一种爱，叫你好不见。我听着掠耳的风声，突然有一种解密的冲动。

你好:"我喜欢你很久了，我给你发了条短信，证明我们开始相识。"

打扰了:"你在忙着背书，我却忍不住地想你，给你去了信息，你好久没回。晚十点你回来，你说你背书没带手机，我好高兴，谢谢你。"

麻烦了："我们彼此麻烦着对方，每天都联系。"

谢谢："是因为我请你吃饭吗？不是。你说谢谢你请我吃饭，但我不能去。"

不客气："我问自己，不必着急。"

好开心："我相信我感动了你，那天你生日，我凌晨给你发来祝福短信。"

好感动："我们在一起，吃着麻辣烫，满满的都是温馨。"

对不起："也许时间久了，也许你会发现我的不好。你说分开吧，我要学习。"

没关系："我说什么呢？挽留不切实际，爱你没有道理，连你离开也会不着急。"

再见，走好："要说的话总是要说的，你对我说再见，为什么明明知道我不可能很好，还要安慰我的烦恼。"

再见，不见："原谅我的恨，对不起，熟悉的陌生人，我受不了那种凄离。"

珍惜，不过是你对自己内心的宽慰

好像一遇到事，一个人总会试着劝服另一个人。珍惜当下，珍惜爱你的人，珍惜每一次犯的错误，珍惜父母的唠叨。

阿微爱上别人的时候，给我说其实挺对不起她前男友。我笑笑，不说话。她接着说，"我想去珍惜，但心里没有爱他的冲动，一开始我就没爱过，是他感动了我，我才和他在一起。当我去自习的时候，看到身边让我心动的人，真的那是一种往死了要和他分开的冲动。"

我在酒吧，听着她的自嘲，内心有种愤愤不平，因为我最不喜欢把感情当儿戏的女人。好在她是我朋友，像她那暴脾气，我也想好了不说话，任由她牢骚。

像灰色空间的一句歌词，"记不得幸福是什么滋味"。当初我也拉着一个女生的手，并且任由她怎么折腾，我就是不放，前面有人，低调，快点跑，从那之后，我以为可以珍惜一辈子。

阿微那天给我打电话说她和他分手了，因为那个让她心动的男生已经有女朋友了。我本想说她怎么那么不长眼，她却突然大哭起来。

我这辈子最受不了女人哭，一哭起来我就手忙脚乱，我说她自作自受，我问她难不成被喜欢的人永远都是那么高傲，喜欢者却都是卑微。阿微停止了哭泣，说，"你懂什么，没有感情怎么生活，爱情怎么能将就。"

有一句话说，爱情里我们总是不愿意将就，最后却发现，原来真的不能太过承受喜欢所带来的孤独。

总是这样，明目张胆地说着珍惜，可依然逃避爱情所带来的伤，说着不管怎样，一起过就是缘分，必要珍惜那段时光，可真的会因为那段时光，心中满是伤痕。

一个月后，阿微要我陪她喝酒，我把酒杯从她身边拿走，让她不要喝。最终男人还是承受不了女人的叽叽喳喳，唠唠叨叨，我把酒杯给她，她一口喝了一杯啤酒，连嗝都不带打。

她说她现在特别想她前男友，她说也许珍惜这个词来得太重，让我们不得不放下卑微身段，她说也许上天会给她一次机会。

我在想，到底要不要有这个机会，还是从此分开，见面不说一句话。

我记得我和小女生分开的时候，那段时间真心放不下，抽着烟去江边散步，独自坐在木板上，看着往返江中的船只，一坐几个小时。有一次待到晚上九点，看着江边停泊的船只，老是想上去看看，想写篇文章叫《船上人家》，想遇到热情的船家要我在他那里吃顿饭，想碰到船家的女儿，从此开始一段佳话。

内心纠结了一个多小时，我用模糊的眼睛，告别了可以带给我诸多幻想的船只。

等一段时间之后，再见那小女生时，发现原来当初的执着或许因为一种不甘心，或许只是曾深爱过，却又何必要把这份深爱变成痛苦。眼泪是不值钱的，却不是因为失去，而是还要得到。

那天我安慰阿微，爱情里本来没有对错，也没什么对不起对得起，只是我们趁着年轻，跟着心走了一次，没有走好路，回过头来想问一下你还在吗？却还要再一次微笑前行，何必在一起，又何必不在一起。没有不爱的在一起，也没有爱了就要在一起。

那天阿微喝多了，我打电话给她同学接她，来了一个室友，她告诉我说，其实阿微和她前男友在一起之前，就彼此说过，如果彼此找到自己喜欢的，说一声都会放手。

我把头转向阿微，看着她的脸，听着她的室友说话。其实他们都很傻，明明在一起挺好的，只是他们的爱情不是轰轰烈烈的那种喜欢，没有将就，但也平凡。

我突然想到了我的那个小女生，她好像说过，她从来没有爱过我，可我看到过她为我们的感情哭，那是我的丫头，我在想，珍惜是不是都是在骗自己，因为早已想着和你的世界脱掉关系，仅仅想让自己忘得更长久一些。

缄默是对自己最大的温柔

那时候肖肖问我，你和你女朋友怎么样。我只便笑，分分合合。他叹了一口气，那肯定是不长久了，我认识一个朋友，和他女朋友分分合合三年，最后还是分了。

我有种想骂他的冲动，明明很爱她的，可以为她写诗，可以为她做任何事。他缄默了。

在分分合合一年之后，有一天我对肖肖说，其实你的话我不愿意听，但真的很灵验。

他莞尔一笑，不如你去保持沉默，看看会怎样。

一

都说玉兰花很美，我自大二对它偏爱，一直到前几天跑到新校区给它拍照，把它留在相册，像整个春天。

我不是故事的主角，肖肖才是。我曾很坚定地说要给他写篇文章，可在家只写了一半，便让我废掉。他的故事不唯美，那时候不懂，以为唯美就是对他最好的祝福，殊不知，那年春夏，我们都没照顾好自己。

他名中的"肖"字，其实我不知道是潇洒的"潇"还是小月"肖"。我喜欢小月"肖"，简单好写。

更因为和他一起会让我感觉从没有过的缄默。

过年回家和他有一次见面，没多大变化，好像大学这几年真的没多少变化，依然戴副眼镜。

将近一年没见，或许稍微有点生疏，再或许是那种成熟的稳重，寒暄了几句，然后从城西走到城东，一句话也没多讲。

然后和几个能玩的朋友一起喝酒，我挨个跟他们喝，跟肖肖喝最一个。我们两个喝酒,没什么理由。

和他认识本身就是没理由的,他上大学时我在家复读,联不联系也是没理由的,我只问过他一次理由,你是不是很爱她?他应了一声。理由呢?也许我不说你也能明白。哦,也是,初恋嘛!

他和学妹在一起那会儿,我好像还在学校准备创业。所有人都说我疯了,但我想说难不成就这样天天在学校看电影。

肖肖不说一句话,谈不上支持还是反对,我乘着酒劲对他说,"不说话好,我不和他们玩。"

他在合肥,安徽的省会,我在江城,安徽第二大城市。两城相隔不远。

二

2013 年,"团长"告诉我肖肖谈恋爱了,我其实早就知道。唯一的感慨就是,他好像连自己都照顾不好。当年高中那会,我算和他臭味相投,整个教室,好像就我俩书是最乱的。我认为成大事者不拘小节,他认为书就那样,爱怎样怎样。

仗着人气还行,找班里女同学帮忙整理,一整理吓一跳,一箩筐垃圾。

我给他去电话,他给我说了好多那女生的好。当时因为自己对此不太了解,给了满满的祝福。

真正的勇士,敢于死里逃生,敢于向这个世界问好,敢于你明知道不可能,却接受着那些不可能。我们有时候嘴里当着勇士,心里却是落败的残兵。

三

"你从学校回来了?"

"是的,我回来了,哪天请你吃饭。"

"就等你这句话呢!"

四

像许多男女主角一样，邂逅，相知，相恋，相离。

我词穷力竭，"你就不能想开点吗？以后还能遇到更好的。这个我敢保证，就哥你这小身材小脸面，什么样的找不到。"

那头的他只是笑，像只小绵羊，在听大灰狼讲怎么遇到草原的事。而且还是很期待的眼神。

"那么，你是说还有救？"

"唉，我创业遇到瓶颈，算是没救了。你这小事，当然有救了。"

"怎么救？"

"我只说结果，不管过程，谁没有个三恋四恋的，等着吧，还有很多事发生。"

"不行，等我回家一起喝酒。"

"奉陪到底，我的酒量可是深不可测。"

的确深不可测，两个人要了十二瓶啤酒，他喝六瓶吐了，我喝六瓶，把他扶到路边，送他到车上，一个人骑车走了。

五

"喂，阿衰，你看我头像还亮不亮？"

"还亮啊，怎么了？"

"那你看我刚才发的说说，能不能看到？"

我打开空间，"能看到啊！"

"我刚设置了权限，不让任何人看到我的动态。"

"那现在呢？"

"现在不能了。"

之后我再也没看到他的动态，恍惚很久，才发现，我把他给删了。

六

他要考研的时候给我打电话来，我正吃饺子，不过还是惊奇了下。

作为学渣的我，从不支持别人考研，感觉那样自己很没面子，四级都没过。

"别问我为什么，或许考研可以让我沉静下来。"

"因为她？"

"因为她的离去，我对未来的追逐。"

"你过得还好吗？"

"不知道。"

"可都过去好长时间了，该放下了。"

"这才多长时间，没事，我可以照顾好自己。"

我到底还是很相信他的，他说没事，确实没事了，在他考研的大半年里，像失踪了似的，有时候想起来给他打电话。说话不超过五分钟，被他一句我要看书去了，硬是搪塞过去。

2014 年的 12 月底，离考研还有几天，"团长"打电话告诉我说快到考研的日子了。我很惊讶自己连这么大的日子都记不住。急忙和"团长"说了再见，给肖肖打电话。

他还在图书馆，听他那么小的声音就知道。

"阿衰，什么事？"

"没事就不能给你打电话了。"

那头他笑笑。

"听说这几天就要考研了，吃好玩好休息好，最重要考好，别太多压力，大不了再考一次。"

我说不上什么大的励志的语录，也不愿意，也许很多时候，很多人，我们共同选择的只是那一会的沉默。

<h2 style="text-align:center">七</h2>

"阿衰，别笑话我？"

"我诧异，笑话你什么？"

"我考研报考的是本校，安大。"

"安大不也挺好吗！"

"你想知道为什么吗？"

"不想，我不愿意知道，再说我只问过你一个理由。就是你为什么很喜欢她那个理由。所以我不想对你的生活有任何评论。"

他冷笑一下，"这就够了。"

当我们选择缄默的时候，其实是对自己最大的温柔。我多不愿意，你把这种缄默再次变成孤单。

这是好的，还是坏的，已经没有多大关系。不管如何，努力是最没有犹豫的抉择。喜欢还是爱，早已成为一场遗憾。

八

肖肖问我，"赌钱还是赌命。"

我诧异地看着他那副嘴角，"什么都不赌，反正不是我要 QQ 号。"

他怂了，"走，你陪我一起去吧。"

"好的，我陪你给她要。"

我和他走下楼去，在教学楼门口，一动不动。

"怎么你不敢去吗？"

"不，我一定要去，怎么说也暗恋了几年了。"

我笑着，那就去吧。

只过了一会，他喊我回教室。

"我问他要到了？"

他冷冷一笑，"还是没去要。"

就这样毕业了，据说那女生应该不喜欢他，可我真不知道那个被他暗恋的女孩是谁。

四年之后，有一天我翻看自己写的文章，找到了一段话。

你那时候给我说着你暗恋的女生，一直暗恋着不敢说，我在一旁替你鼓气，真正的英雄不在于成功，在于敢于追求。说了那么多，你还是无动于衷，其实我能明白，那种小心翼翼，是对自己的保护。

那是你的清明节

清明节不是拜祖先的节日么？在我家乡一到清明，我就和我弟去钩柳枝，然后清明节早上，吃好几个鸡蛋。

这是我在外面过的第好几个清明节了。记得刚来皖南的第一个清明节，阿欣给我打电话，心中暗骂，这个时候想起来问候我。

当时有种要骂她的冲动，她咯咯笑，我问怎么了，她说她要到皖南江城，即我所在的这座城市。"来干啥？不会看我吧！"我只好努力开玩笑，心里暗骂，看你干啥。她说到了我就知道了。

阿欣是我高中的同学，是那种可以随便说话、随便安慰、随便借钱的爷们。也是我请她们吃饭，必须把鸡腿给她的朋友。

年轻就爱做梦，有一次我梦到阿欣，阿欣在我面前就是不说话，我吵着她，"快说快说"，她还是不说话，我骂着她，"难怪找不到男朋友。"

阿欣来到江城，下午五点多给我打电话，问我说话算不算数。我很纳闷，也不知曾经说了什么。我让她提醒我，她闷声说道，"如果我谈恋爱你请我们吃饭啊。"好吧，我承认我说过，只是我不知道怎么那么快。

最主要一请客，必须还是几个人。心想不能有失承诺，再说都是同学，大不了下个月少吃点。

见到阿欣，她已经和她男朋友坐在一起了，因为都是高中同学，所以彼此知根知底。

她男朋友也是我很好的哥们，叫句子，同在江城上学，没事一起抽个烟喝个酒什么的，最主要他是真心对阿欣好。高中时候，班里莫名出现好几对情侣，如雨后竹笋，全都从地下冒了出来。那时候我们也知道了阿欣被别人喜欢着，一直喜欢到大学，然后在一起。

说实话，我有时候也挺敬佩句子的，可以喜欢那么长时间，虽然中间也有喜欢别人的插曲，可喜欢一个人真的跟曾经喜欢多少没有关系。

在一起是多么不容易，很多时候哪有那么多缘分，需要彼此的决心和一个人不管对方怎么任性也不离不弃。

在皖南的第一个清明节，我把半个月的零花钱花了，然后只能在寝室蹭"老板"的火腿肠了。

我有句子还有阿欣的手机号和 QQ 号，他们全部的动态我都摸得一清二楚。中间发生的矛盾，分手和好，晒的小幸福，说给彼此听的誓言，最终分开的后会无期，等等。

有一次和同学聊天，她算是阿欣最好的女性朋友，也是我的好朋友。

她说，"我感觉阿欣变了很多，句子那么好的人为啥不好好珍惜。"

我说，"对啊，我也是好人，别人也很少珍惜我。"说这话的时候，内心极其充满怨恨和对女人的不理解。

她说，"能不能不开玩笑，我是说真的，我都不喜欢阿欣这样了。"

我哈哈大笑，说，"不跟你开玩笑了，其实也许是有原因的吧，谁又能了解谁呢！"

我记得很清楚，阿欣在空间里发了一个说说，"我和句子分手了。"然后底下一排的惋惜。"怎么会这样，别放弃，会好的，一切都会过去，爱情都要经历的。"我也在底下写了一句，"珍惜句子吧，他比哥好多了。"

她回了一句，"你不懂。"

年初还和阿欣聊天，那时候我刚好失恋了，找她安慰自己。最后谈到了她身上，她告诉我说，其实她的压力很大，她的父母知道了句子，但是一直不让她和句子交往。她说，"自己真的好累，没有人理解，每次我要跟句子分手时，你们都是来指责我，说我这说我那，就没有一个理解我的，哪怕连中立的也没有。"

我看着她打过来的字，心想，原来人一有话说，什么也阻挡不了。

我回她，"阿欣，也许以前我是不了解，今天和你聊天也让我明白了许多，所以以后不管你做什么决定，我都会支持，哪怕别人认为是错的，我却会始终支持你，因为理解。"

阿欣发了个憨笑的表情，"谢谢你，丁帅。"

第一次感觉到自己的名字那么伟大，也第一次感觉到，真的自己也会有这么伟大的名字。

时光总会给人开玩笑，一个月后，阿欣发信息给我说，她们分手了。

我很惊讶，打字安慰她说，不管你怎么选择，我会一直支持你。

阿欣，发了一个流泪的表情，"你知道么，丁帅，我现在特别恨句子，我恨他那么绝情，我恨他以前那么包容我，我恨他很淡然地说分手就分手，我恨他也因为我恨我自己。从来没想过习惯了他，会让自己那么难受，真的好难受，却只能一个人面对。真的是后会无期吗？"

我当时真的不知道说什么，只能随口应和，"也许你们的故事还没有结束，也许你们还需要在一起，如果可以我还是希望你们能好。"

阿欣苦笑，"可以后会怎样，我不敢想，我家人不愿意，我不知道怎么做，我是个小女生，真的也很单纯地希望人照顾。"

"那就自己照顾好自己吧！时间会改变一切的。"

好久没和阿欣聊天了，我只知道她要考研，可她照顾好自己没有，我却不知道。

一个人的伤，只能一个人去承受。

只是清明节假期就要到了，我突然想到两年前阿欣来皖南的情况。

"喂，丁帅，干啥呢？"

"我在学校呢，玩电脑。"

"我准备清明节放假去皖南江城。"

"啊，到底有什么大事。"

"就不告诉你，哈哈。"

"好吧，好吧。来的时候告诉我一声。"

"好的，还得找你呢。"

"呃……"

我脑子短路了，心想，这个阿欣，是不是吃错药了，八个小时火车啊！

等阿欣来到皖南，我看着她和句子手挽着手，大叫一声，"啊，你怎么不早说。"

阿欣和句子笑着不说话，我就知道他们已经一个战线了。